KB113766

불사의 테스터

불사의 테스터 1

기로 퓨전 판타지 소설

초판 1쇄 찍은 날 § 2016년 12월 28일
초판 1쇄 펴낸 날 § 2017년 1월 4일

지은이 § 기로
펴낸이 § 서경석

편집책임 § 배경근

펴낸곳 § 도서출판 청어람
등록번호 § 제387-1999-000006호
등록일자 § 1999. 5. 31
어람번호 § 제1-2591호

주소 § 경기도 부천시 부일로 483번길 40 서경B/D 3F (우) 14640
전화 § 032-656-4452 팩스 § 032-656-4453
http://www.chungeoram.com
E-mail § chungeorambook@daum.net

ⓒ 기로, 2016

ISBN 979-11-04-91109-5 04810
ISBN 979-11-04-91108-8 (세트)

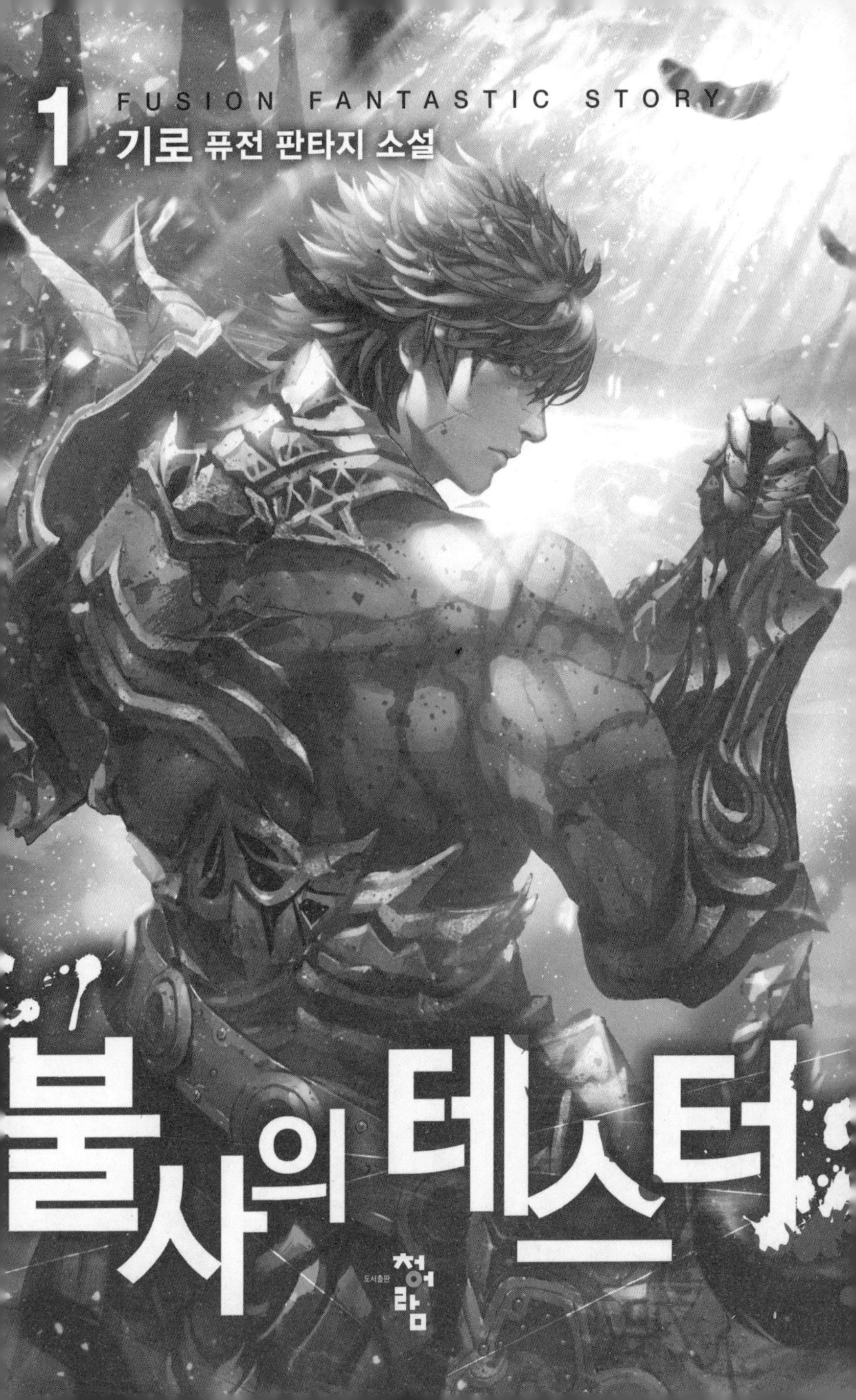
1
FUSION FANTASTIC STORY
기로 퓨전 판타지 소설
불사의 테스터
도서출판 청어람

불사의 테스터

CONTENTS

Prologue

쿵. 드르르륵.

거대한 석벽이 거친 소리를 내며 열렸다.
그 안으로 한 사내가 천천히 들어섰다.
"휴. 드디어……."
사내가 후련한 표정으로 석벽 안쪽으로 들어섰다.
석벽 안쪽에는 제단이 하나 놓여 있었고, 그 위에 자그마
한 구슬이 하나가 덜렁 놓여 있었다.
"하… 이거 하나 때문에……."

사내는 구슬을 멀뚱히 바라보았다.

사내가 바라보고 있는 물건의 이름은 소멸의 단.

그 어떤 존재라도 이 구슬을 복용하면 반드시 소멸한다는 물건이었다.

이 단을 찾아 나선 지난 250년의 시간.

아니 자신이 언제부터 존재해 왔는지 잊어버릴 정도로 오랜 시간의 기억이 사내의 머릿속을 스쳐 지나갔다.

*　　　　　*　　　　　*

황치호. 사내의 이름은 치호였다.

이 이름도 그저 최근에 쓰기 시작한 이름에 불과하다. 이전에는 더 많은 이름으로 불려왔으나 이미 잊힌 이름일 뿐.

현재는 치호일 뿐이었다.

그는 불멸의 존재였다. 모두가 시간의 흐름에 따라 죽고 태어나고를 반복할 때 치호는 홀로 존재했다.

사랑했던 이도, 증오했던 이도 시간의 흐름에 속절없이 떠나갔다.

아주 먼 옛날에는 정말 치열하게 살았다. 짐승들에게 쫓기며 살고 그들을 잡아먹으며 하루하루를 연명했다. 그 무섭던 짐승도 추위에 속절없이 무너졌다.

하지만 치호는 홀로 살아남았다. 지독한 굶주림 속에서도 쓰러지지 않았다. 그리고 끊임없이 이동했다. 그저 먹을 것을 찾기 위해서.

끝없는 이동을 하고 때로는 동족을 만나기도 했으며 그들과 함께 살았다. 그러나 찰나의 순간이 지나면 그들은 치호를 두려워했다. 때로는 숭배하기도 했다.

언제나 같은 모습의 치호를.

자신들과 달리 너무나 강했던 치호를.

치호는 끊임없이 이동했다.

지치고 지칠 때까지.

점점 동족들은 많아졌고 치호가 삶을 위해 먼 곳으로 이동하지 않아도 되었다. 이쯤에는 먹을 것이 풍부해졌다.

인간들은 도시를 이루고 그들의 삶을 살기 시작했다. 그리고 인간들에게 짐승은 더 이상 무서운 존재가 아니게 되었다.

시간이 흘러 인간이 강철의 바퀴를 사용하게 되었을 때 인간들의 수는 폭발적으로 늘었다.

치호는 그 늘어난 인구에 그저 숨어 살아 있었다.

그 사이 치호는 인간의 삶 속에서 제왕 혹은 영웅으로 불리기도 했으며 때로는 학살자, 배덕자 등으로 불리기도 했다. 더 이전에는 신이라고 불리기도 했다.

하지만 이제는 의미 없는 과거일 뿐.
수없이 죽고 다시 살아났다.
더 이상 되살아나고 싶지 않았다.
그저 영원한 안식에 들고 싶었다.
빌어먹을 불멸의 저주를 끝내고 싶었다.

치호는 간절히 원했고 자신의 불멸의 저주를 끝낼 방법을 찾고 또 찾았다. 인간의 수가 늘어서인지 정보의 교류가 활발해졌고, 250년 전 소멸의 단에 관한 실낱같은 희망을 발견했다.

그리고 250년.
실패와 좌절.
그리고 수없는 방황 끝에 결국 도착했다.
잊혀진 도시 아벨로안티스.
물론 지금의 인류는 발견조차 하지 못했을뿐더러 짐작조차 하지 못하고 있는 문명이지만 치호는 자신의 기억과 경험,

그리고 미약한 정보를 따라 결국 이곳에 도착했다.

이 도시는 치호가 한때 머물렀던 도시 중 한 곳이었다.

그리고 치호를 두려워하면서도 숭배했던 도시.

숭배하던 이들이 광기에 물들 때쯤 도시를 떠났다.

그 광기에 함께 어울려 줄 만큼 도시에 애정이 없었다.

'새끼들이 점점 미쳐 돌아가길래 버리고 왔더니 이런 걸 만들고 있었단 말이지… 참……'

복잡 미묘한 감정이 들었다.

자신을 숭배하던 이들이 자신을 소멸시킬 물건을 만들어냈다니. 그때만 해도 이렇게까지 오래 살지 몰랐다.

당시에 떠나지 말고 광기에 적당히 어울려 주며 저 소멸의 단을 먹었으면 좋았을 것을……

감정을 정리했다. 지금 중요한건 그게 아니다.

이 지긋지긋한 불멸의 저주를 끝내기 직전이었다.

치호는 소멸의 단을 집어 들고 일말의 고민도 없이 단숨에 목구멍으로 넘겼다.

소멸의 단이 치호의 식도를 타고 물처럼 사라졌을 때 본능적으로 깨달을 수 있었다.

이건 진짜다.

정말 죽을 수 있을 것 같았다.

지금껏 겪어왔던 수많은 죽음의 느낌이 아니다.

진정한 죽음의 문턱에 도달했다는 것을 느낄 수 있었다.

치호는 점점 멀어져 가는 의식 속에서 작게 미소를 띄우며
생각했다.

'이제… 좀… 쉬자.'

더 이상 군림할 필요도, 더 이상 발버둥을 칠 필요도 없다.
그저 다가오는 죽음을 맞이해 안식을 얻을 수 있으면 그것만
으로 족했다.

온몸에 힘이 빠지고 치호의 눈이 스르륵 감겼다.

[…에 오신 걸… 니다.]

'뭐?'

제1장

테스트 필드

'음… 방금 누가 뭐라고 한 것 같은데……'

치호는 정신이 번쩍 들었다. 유적지에서 자신 이외의 존재가 있을 수 없는데 음성이 들렸다.

'뭐야 이거?'

눈을 뜨고 주위를 둘러봤더니 벌판이다. 황량한 벌판.

자신만 이곳에 있는 것이 아니었다. 자신 외에도 어리둥절한 표정으로 주위를 두리번거리는 인원이 꽤 있었다.

게다가 저 구석에서는 질질 짜고 있는 남자도 있었고, 아직 바닥에 누워 있는 인원도 있었다. 다 합쳐서 100여 명 정도 되어보였다.

그때 마치 방송이라도 하듯이 울리는 목소리가 들렸다.

[테스트 필드에 오신 걸 환영합니다.]

동네 이장이 방송을 하는 것도 아니고 싸구려 에코 음성
이 주위의 사람들을 혼란스럽게 만들었다.

*[거기 누워 계신 분들 어서 일어나세요. 여기 꿈 아니니까 어
서 일어나는 게 좋을 거예요.]*

"어떤 놈이 장난질이야! 여긴 어디야! 어? 내가 누군 줄 알
아! 어서 나오지 못해?"

한 남자가 이 말도 안 되는 상황에 분을 참지 못하고 소리
를 고래고래 질렀다.

치호는 주위를 둘러봤더니 주섬주섬 일어나고 있는 사람
들이 보였다. 아마 꿈이라고 생각하고 다시 잠들려고 했던 것
같았다. 치호도 지금 이 상황이 이해가 되지 않았다.

'분명히 소멸의 단을 먹었는데… 실패인가…….'

치호는 그저 씁쓸한 기분이 들었다. 마지막 희망이었던 소

멸의 단 마저 실패했다고 생각하니 기운이 쭉 빠졌다.

또 얼마나 많은 시간을 허비해야 할지, 이제 또 다른 소멸의 단을 찾아야 하는 건지…….

머릿속이 복잡했다.

[다들 일어난 것 같으니 다시 말씀드리자면 여러분들은 모두 한 번씩 죽으셨습니다.]

치호의 귀가 솔깃했다.

'죽었다고?'

[하지만 여러분들은 테스터로 선택 받았기 때문에 여기 계신 거예요. 죽음의 늪에 빠지기 직전에 여러분들을 낚아채 왔습니다. 앞으로 여러분들은 테스터로써 활동하게 됩니다.]

"테스터? 뭐가 어쩌고 어째! 죽기는 누가 죽어! 헛소리 말고 어서 우릴 돌려 보내줘!"

"우리 아기! 우리 아기는 어떻게 됐나요? 저랑 같이 죽은 건 아니겠죠?"

주위에서 각자의 말들을 쏟아내기 시작했다. 순식간에 시장 바닥처럼 변한 벌판에서 방송 소리가 그들의 목소리를 잠재웠다.

[테스터라는 영광된 자리를 얻고서도 불평이라니. 테스터로 활동하시면 추후에 그 격에 따라 원래의 세계로 돌아갈 수도, 신의 격을 얻을 수도 있답니다. 36,872차 테스터 여러분들! 겪어보면 압니다. 빠른 적응을 위해 1차 자격 테스트 시작합니다.]

"자… 잠깐!"

자기 할 말만 하고 뚝 끊어져 버린 방송 목소리.

주위에는 고요한 정적만이 흘렀다.

사람들이 멍하니 방송의 진원지를 찾고 있을 때 한 젊은 여자가 외쳤다.

"저… 저기 좀 봐요!"

저 멀리에서 먼지바람이 일어났다.

뭔가가 달려오고 있었다.

사람들이 일제히 먼지가 일어나는 방향을 긴장한 채 주시했다. 이상한 곳에 떨어져 알 수 없는 소리만 해대는 방송 목소리, 그리고 몰려오는 먼지바람이라니.

치호도 도무지 상황이 이해가 되지 않았다.

'테스트 필드? 죽었다고? 난 살아 있는데? 뭔 소리야 이거.'

도통 이해할 수 없는 말을 뒤로하고 치호도 점점 다가오는 먼지바람을 바라보았다.

이내 먼지바람을 일으키는 것의 정체를 보았다.

성인의 허리만 한 키에 쥐새끼 머리를 한 털이 숭숭한 괴물이었다. 언뜻 봐도 100마리는 넘을 것 같았다.

괴물들은 빠르게 사람들을 향해 달려오고 있었다.

"도… 도망쳐!"

"꺄아악!"

한 남자가 외치자 사람들은 비명을 지르며 반대 방향으로 달려 도망갔다.

하지만 이 벌판에서 도망칠 곳은 마땅치 않았다.

치호는 재빨리 주위를 둘러봤다.

마땅히 무기가 될 만한 것이 없다.

'젠장. 가지가지 하네.'

속으로 욕을 하며 어쩔 수 없이 발치에 있는 주먹만 한 짱돌을 집어 들었다. 맨손으로 싸우는 것보다는 이거라도 있는 게 나을 것 같았다.

옛날에는 이것도 없어서 못 썼으니까.

치호가 돌을 집어 들었을 때 이상한 메시지가 눈앞에 보였다.

[쓸모없어 보이는 짱돌을 획득하셨습니다.]
[최초의 아이템 습득! 노말 급 장비를 보상으로 드립니다.]
[오래된 단도를 획득하셨습니다.]

'이건 또… 이런 젠장.'

생각은 길게 이어지지 못했다. 괴물 중 하나가 치호의 눈앞에 도착했기 때문이다.

지구에서는 본 적 없는 괴물이었다. 그렇게 오래 살아왔어도 이런 녀석은 처음 본다. 생긴 건 쥐새끼처럼 생겼는데 저 몸뚱이는 2족 보행이라니.

'하긴 뭐, 내가 언제 본 적 있는 것만 사냥한 것도 아니고. 참… 수백 년 편하게 살았다고 이딴 것에 놀라고 있어. 쪽팔리게.'

문득 이런 작은 생명체에 놀라고 있는 자신을 보고 창피했다. 살아온 세월이 아깝다.

치호는 옛날의 기억을 떠올렸다. 아주 먼 옛날, 먹을 것을 찾아 돌아다니던 시절을.

그때는 살아 움직이는 것이라면 무엇이든 잡아 죽였다. 역으로 당해서 죽은 적도 많지만 치호에게는 그런 것 따위 중요하지 않았다. 살아난 다음 다시 그놈을 찢어죽이면 그만이니까. 단지 먹을 수 있느냐 없느냐. 그것만이 중요했다.

그때의 생각을 잠시 떠올리고 달려드는 괴물을 차분하게 맞이했다.

이 괴물의 움직임이 생각보다 날랬지만 따라잡지 못할 정도의 움직임은 아니었다. 괴물은 치호의 목덜미를 물어뜯으려 뛰어 올랐고 그 순간 기회를 노리던 치호는 냅다 머리통을 짱돌로 내려찍었다.

파각.
끼이엑!

〈경험치 18을 획득하였습니다.〉
〈20 브론을 획득하였습니다.〉
〈카미유의 이빨을 획득하셨습니다.〉
〈최초의 카미유 사냥! 1시간 동안 근력 수치가 10% 오릅니다.〉

괴물의 머리통이 깨지는 소리가 났다. 동시에 눈알도 한쪽이 튀어 나왔다.

생각보다 약한 녀석들이다.

이 정도의 힘에 눈알까지 튀어나올 정도면.

해볼 만할 것 같았다.

'근데 뭐가 자꾸 뜨는 거야. 제길.'

눈앞에 뭔가 아른아른 자꾸 보였지만 지금 그것을 바라보고 있을 때가 아니었다. 지금도 괴물들은 자신의 빈틈을 노릴 준비를 하고 있었기에 긴장된 몸을 풀지 않고 계속 괴물을 주시했다.

녀석들의 수가 많아 불안했지만 같은 무리가 쉽게 죽어버리자 괴물들은 쉽사리 치호에게 달려들지 못했다.

아니 오히려 치호에게 달려들지 않고 도망가고 있는 사람을 향해 달렸다.

저항하는 사냥감보다 쉬운 사냥감이 옆에 널려 있는데 어려운 사냥감을 잡을 필요가 없다고 생각한 것 같았다.

치호에게 간신히 생긴 여유, 하지만 이내 물러서는 괴물의 틈을 비집고 들어갔다. 어쩐지 힘도 넘치고 승기를 잡았을 때 한 놈이라도 더 죽여놔야 한다. 어차피 다른 사람들이 다 잡혀 죽으면 남은 사냥감은 자신 밖에 없다.

죽는 건 두렵지 않지만 자신보다 약한 것들에게 고통 받으며 죽기는 싫다. 정확히 말하면 죽지는 않아도 정신을 잃기 전까지 고통은 그대로니까.

저 더러운 이빨에 산 채로 살점이 뜯어 먹히는 고통을 느끼고 싶지 않기에 여력이 있을 때 한 마리라도 더 처리해야 한다.

치호의 근육들이 꽉 조여졌다. 요즘 현대에서는 잘 느껴보기 힘들었던 투쟁의 아드레날린이 뿜어져 나왔다.

"옛날 생각나고 좋네, 씨팔. 들어와, 이 쥐새끼 놈들아!"

제2장
인솔자 클레이

치열했다.

치호의 몸은 점점 피로 물들어갔다. 괴물이 치호를 물기 위해 달려들면 치호는 팔을 대신 내어주고 오히려 괴물의 목덜미를 물어뜯었다. 괴물의 피로 칠갑을 하고 괴물들에게 달려들었다.

손에 들린 짱돌은 6마리인가 7마리 정도 괴물을 잡았을 때 피에 미끄러져 놓친 지 오래되었다. 지금은 그저 집히는 대로 싸우고 있었다.

손에 돌이 집히면 한동안 그걸로 싸우고 아니면 손을 괴물에 입에 쑤셔 넣고 혀를 잡아 뽑던지, 그것도 여의치 않으면 괴물의 눈을 손으로 파고 그대로 뇌를 곤죽으로 만들었다. 뼈가 생각보다 물렀기에 맨손으로도 간신히 상대할 수 있었다.

〈경험치 16을 획득하였습니다.〉
〈18 브론을 획득하였습니다.〉
〈카미유의 손톱을 획득하셨습니다.〉
〈경험치 13을 획득하였습니다.〉
〈19 브론을 획득하였습니다.〉
〈경험치 18을 획득하…….〉

그 모습을 본 사람들이 점점 괴물에게 맞서기 시작했다. 혼자서도 저만큼 잘 해내는데 조금만 힘을 보태면 이 모든 괴물을 잡을 수 있을 것 같았다.

점점 사람들이 괴물들과 뒤엉켜 싸웠다. 그사이 이미 괴물들에게 당한 인원도 상당했지만 도망칠 궁리를 하던 이들도 결국 달려들었다.

사람들이 달려들자 괴물들은 빠른 속도로 줄어갔다.

처음 보는 외견일 뿐이지 힘 자체는 그렇게 강하지 않은 괴물이었으니까. 침착하게 힘을 합쳤다면, 어쩌면 죽은 사람이 나오지 않았을 수도 있었다.

하지만 지레 겁먹고 도망쳤기 때문에 사상자가 나왔다.

어쩔 수 없는 일이었다. 그 누구도 이런 경험을 해보지 않았으니까.

치호는 마지막 카미유의 머리를 쪼갰다.

끼에엑!

〈경험치 14를 획득하였습니다.〉

〈17 브론을 획득하였습니다.〉

〈레벨 업!〉

〈최초의 레벨 업! — 노말 급 장비를 보상으로 드립니다.〉

〈낡아빠진 가죽 갑옷을 얻었습니다.〉

〈첫 번째 테스트를 완료하셨습니다. 테스트 보상으로 자격을 얻으셨습니다. 다음 테스트를 준비하세요!〉

〈자격 — 견습 테스터 — 인벤토리를 사용할 수 있습니다.〉

'힘이 다시 차올라? 이건 또 무슨……'

레벨 업이란 메시지를 확인하자 몸에서 힘이 다시 차오르고 피가 뚝뚝 떨어지던 치호의 상처가 아물었다.

이후 눈앞에서 알짱거리는 이상한 메시지를 읽어보려고 할 때 아까 사라졌던 방송이 다시 시작되었다.

[첫 번째 자격 테스트 통과를 축하드립니다. 이어서 기여도 측정이 있겠습니다. 기여도에 대한 보상은 각자의 알림 창을 확인하세요.]

[황치호 — 기여도 52%, 유대진 — 기여도 12%, 김지민 — 기여도 9%, 박기…….]

방금 전 전투에서의 기여도를 나름의 방식대로 측정하는 것 같았다.

마치 공지를 하듯이 각자의 기여도가 방송을 통해 모두에게 알려졌고 시선은 치호에게 몰렸다.

압도적인 기여도.

자신들이 늦게 전투에 참여하긴 했지만 차이가 나도 너무 차이가 났기 때문에 사람들이 괴물 보듯 쳐다봤다.

치호는 이런 눈빛은 이미 익숙하기 때문에 아랑곳하지 않고 떠오르는 메시지에 집중했다.

〈기여도 A ― 매직 급 장비를 보상으로 드립니다.〉
〈가벼운 가죽 부츠를 얻었습니다.〉
〈기여도 A 이상의 전투 ― 칭호 획득〉
〈카미유 학살자 ― 민첩 스탯이 10 오릅니다.〉

'가죽 부츠? 스탯? 염병, 이건 또… 뭔 아이템 같은 건가. 경험치는 뭐고. 게임이라는 거야, 뭐야 이거.'

앞선 메시지를 읽어 보았을 때 치호가 잠깐 즐겼던 게임이 생각날 만큼 비슷한 시스템이었다.

한 12~13년 정도 즐겼던 것 같다. 죽어도 다시 살아나서 싸우는 게임 속 캐릭터의 모습이 마치 자신을 보는 것 같아서 잠깐 몰입해서 한 적이 있었다.

하지만 패키지 게임에는 엔딩이 존재했고, 온라인 게임에서는 콘텐츠 소모로 인한 공허함이 치호를 괴롭혔다. 게임을 하다 보면 스스로의 존재에 대해 더욱 참기 힘들어졌기 때문에 게임을 그만두었다.

그랬던 게임 시스템이 눈앞에 펼쳐져 있었다.
'하지만 게임은 아니지… 더럽게 아프니까.'
게임 같지만 게임 같지 않은 세상이었다. 그때 사위를 울리는 방송이 다시 시작되었다.

[기여도 보상까지 확인하셨나요? 앞으로의 테스트에서 기여
도가 높을수록 더 큰 보상이 함께할 것입니다. 자세한 사항은
인솔자의 말에 따라주세요. 곧 여러분들을 거점까지 인도할 인
솔자가 도착할 것입니다.]

방송이 끝나고 얼마 지나지 않아 저 멀리서 한 남성이 터벅
터벅 걸어왔다.

"여기 있었군. 반갑다. 너희들을 거점까지 인솔할 클레이
다."

클레이라고 자신을 소개한 남자는 다부져 보이는 체격의
40대 남자였다.

뭔가 굉장히 귀찮아 보였지만, 어쨌든 자신의 일은 할 모양
이었다. 거점까지 데려다 준단다.

하지만 사람들은 그런 것 따위는 중요하지 않았다. 폭풍처
럼 쏟아지는 질문 공세가 이어졌다.

치호도 궁금증을 쏟아냈다.

"이봐! 도대체 여긴 어디야? 난 분명 죽었는데 어떻게 여기
로 온 거야! 어?"

"거 설명 못 들었어? 죽음의 늪에 빠지기 전에 낚아채 왔다고. 아는 거 또 물어보지 마라. 귀찮으니까."

"아니 누가 그딴 게 궁금하대? 나 죽었잖아! 그럼 죽은 상태로 둬야지 왜 이런 곳으로 끌고 온 거냐고!"

"하… 자살자였나."

클레이는 귀찮다는 듯이 고개를 절레절레 흔들고 치호를 무시한 채 다른 이들을 향해 외쳤다.

"자자, 궁금한 게 많을 테지만 일단 가면서 얘기하자고. 이곳은 조금만 지나도 다시 몬스터가 나오니까 서둘러."

하지만 사람들의 질문은 계속해서 쏟아졌고 돌려보내 달라는 둥 네놈이 납치범이냐는 둥의 말에 클레이의 표정은 점점 굳어졌다.

치호 역시 클레이의 태도가 마음에 들진 않았지만 다시 물었다.

"다시 죽을 수 있는 방법이 있는 거야? 아니 질문이 좀 이상한데… 하여튼 어떻게 하면 원래대로 돌아갈 수 있지?"

"이 새끼는 살려줘도 지랄. 그럼 뒤지시던가!"

말이 끝나는 순간 클레이는 허리춤에 달린 검을 뽑아 치호의 목을 노리고 휘둘렀다.

발검에서부터 목까지 한 합으로 이루어진 일격. 치호는 재빨리 뒤로 한 발짝 물러서며 공격을 피해냈다.

핏.

하지만 완벽히 피하지는 못한 듯 목에 가느다란 핏줄기가
흘렀다.

"어쭈, 새끼 봐라?"

클레이는 자신의 검을 피한 것이 자존심이 상한 듯 보였고
재차 공격을 시작했다.

하지만 이번엔 검격이 아니었다.

"파이어 볼트."

클레이가 외치자 붉은색 볼트가 치호에게 쏘아졌다.

'이건 또 무슨……'

"커헉."

생각을 마치기도 전에 파이어 볼트는 치호의 복부에 꽂혔
고 복부에서부터 불길이 치솟았다.

이후 달려드는 클레이.

클레이는 망설임 없이 치호의 목을 베었다.

툭.

치호의 목이 그대로 베여 땅에 떨어졌다. 파이어 볼트라는 난생 처음 보는 공격에 대처하질 못했고, 그 결과는 참혹했다.

클레이는 치호의 피가 묻은 검을 대충 털고 검집에 집어넣으며 사람들에게 외쳤다.

"하. 새끼가 힘 빼게 만들고 있어. 너희들도 잘 봐둬. 죽고 싶은 놈들은 남한테 피해주지 말고 얼른 죽는 게 좋아. 여기는 그딴 마음가짐으로 살아갈 수 있는 호락호락한 곳이 아니니까."

조용했다.

사람들은 질문이나 항의조차 하지 못하고 클레이만 주시할 뿐이었다.

눈앞에서 벌어진 자연스런 살인 활극에 사람들은 경악을 했지만 일단 입을 닫는 게 이롭다고 판단한 것 같았다.

괜히 쓸데없이 입을 놀리면 저 칼이 자신에게 향할지 모르니까.

"이제야 좀 조용해졌군그래. 꼭 이렇게 피를 봐야 말이 통한다니까. 아무튼 너희들이 대충 궁금한 것에 대해 설명해주지. 일단 인벤토리라고 외치면……."

클레이는 조용히 설명을 시작했다. 그러면서 천천히 이동했고 사람들도 클레이를 따라 발걸음을 옮겼다.

치호와 클레이가 전투를 벌였던 장소에는 치호의 타다만 시체와 황량한 바람만 불었다.

움찔.

죽은 치호의 머리 없는 시체가 움찔 몸을 떨었다.
치호의 몸이 움찔하고 떨기 무섭게 온몸에서 검은 연기가 뿜어져 나왔다.
검은 연기는 치호의 몸을 감쌌고, 상처 주위를 감싸듯 퍼져나감과 동시에 목 언저리에 뭉쳐서 머리 모양을 만들기 시작했다.

그리고 잠시 후.

콜록콜록.
"커헉."
치호가 깨어났다. 기침을 할 때마다 입에서는 검은 연기가 조금씩 토해져 나왔다.

"이 개새끼. 어디 갔어!"

치호는 얼른 주위를 둘러봤지만 아무도 없었다. 시간이 얼마나 지났는지도 잘 모르겠지만 사방에는 황량한 바람만 불었다.

"있을 리가 없지……. 몸이 불타는 채로 목이 잘려 죽는 건 마녀사냥 이후로 처음인데. 씨팔."

마녀사냥이 있을 당시 재수 없게 걸려서 화형을 당하고 목이 잘렸다. 최근 수백 년간 사회가 안정되면서 이렇게 죽는 일은 없었다.

그때 이후로는 이런 죽음을 경험하지 않았는데 이상한 세계에 끌려오자마자 불에 타고 목이 잘렸다. 정말 간만에 죽음의 고통이었다.

"클레이라고 했나?"

치호는 혼자 중얼거렸다. 그리고 잊지 않겠다는 듯이 계속 클레이라는 이름을 곱씹었다.

이번엔 이상한 공격 때문에 당했지만, 다음번엔 다를 거다. 그런 마법 같은 공격이 가능한 곳이라는 걸 몸으로 깨달았으니까.

그리고 치호는 자신의 머리통이 있는 곳으로 가서 머리통을 집어 올렸다.

"얼씨구, 표정 보소. 킥킥"

자신이 죽을 때 표정은 이상한 공격에 의한 기습을 당해 놀람, 당황 등이 얼굴에 나타나 있었다.

"표정을 짓고 있다고? 참… 나도 많이 나약해졌네."

자신이 죽을 때 표정을 짓고 있다는 게 신기했다. 전투가 일상처럼 있을 시대에는 어떤 상황에서든 당황, 놀람, 고통 등의 표정을 얼굴에 띄워서는 안 됐었다.

그 표정을 보고 상대가 공략할 수 있으니까.

콰직.

치호는 자신의 얼굴을 다시 툭 던지고 발로 밟았다. 언제나 느끼는 거지만 자신의 머리를 밟을 때마다 묘한 기분이 든다.

기분이 이상하더라도 수급을 처리하지 않으면 안 된다. 누가 그걸 들고 와서 자신과 비교해 보면 곤란해지니까.

"흠. 그나저나 이놈들은 다 어디로 간 거야? 거점? 거기로 간다고 했는데……."

치호는 이동할 방향을 정하기 전에 가만히 생각을 정리했다. 자신이 이곳에서 정신을 차린 직후부터 죽기까지.

그러다 클레이의 마지막 말이 떠올랐다.

"인벤토리를 외치라고?"

그 순간 치호의 눈앞에 작은 창이 떠올랐다.

게임에서 보던 그런 작은 인벤토리 창.

치호는 작게 미소 지었다.

"이런 식이라 이거지?"

치호는 대충 감이 잡혔다. 무슨 수작을 부렸는지 모르겠지만 그건 차차 알아보면 될 것 같고, 중요한 건 이 세상은 게임과 비슷하게 돌아간다는 것.

인벤토리는 총 8칸이 마련되어 있었다.

그 안에는 치호가 전투 중에 얻었던 물품들이 고스란히 들어 있었다.

'이게 어디 있나 했더니 여기 다 있었군.'

치호는 그 물건들을 어떻게 꺼내나 잠시 고민했지만 인벤토리 창을 툭 건드리니 그 물품이 자신의 가슴팍에서부터 툭 떨어져 나왔다.

인벤토리 안에 들어 있던 모든 물품을 꺼내 살펴봤다.

〈단도 ─ 노말〉

─ 무기 공격력: 22

─ 흔히 구할 수 있는 물품으로서 물건을 자르는데 사용할 수 있다.

─내구도: 10/10

〈낡아빠진 가죽 갑옷 — 노말〉

— 방어도: 18

— 가죽 갑옷의 기동력과 어느 정도 방어 효과를 기대할 수 있지만, 낡아 있어서 오래 사용하기 힘들 수 있다.

— 내구도: 8/8

노말 등급의 아이템이라서 그런지 그렇게 좋아보이지는 않았다. 지구에서 쓰던 보통의 물건과 비교해 보아도 질이 떨어져 보이는 물건들이었다.

이어서 기여도 보상으로 받은 아이템을 확인했다. 등급이 매직 등급이라고 했으니 좀 더 나은 물품이길 기대하면서.

〈가벼운 가죽 부츠 — 매직〉

— 방어도: 27

— 꽤 고급스러운 가죽 부츠로 발을 보호하고 피로를 경감시켜준다.

— 특수 효과: 민첩 +13, 이동 속도 +5%

— 내구도: 23/23

'오호? 특수 효과?'

매직 등급부터는 특수 효과가 추가되는 것일까 가볍게 추측을 해보았지만 아직 정확한 것은 알 수 없었다. 정보가 부족했다.

다만 방어도를 보니 등급이 높은 게 좋은 건 알겠다. 명색이 갑옷인데 신발만도 못한 방어도라니.

치호는 얼른 아이템을 착용했다. 언제 또 전투가 펼쳐질지 모르는데 넋 놓고 있을 수는 없었다.

지구에서 입고 있었던 옷도 나쁜 옷은 아니었지만 카미유와 전투, 그리고 클레이 녀석이 몸에 불을 붙이는 바람에 상의는 딱히 남은 부분이 없었다.

가죽 갑옷을 입고 부츠를 신으니 그래도 봐줄 만했다. 신발도 생각보다 편한 게 다행이었다.

마치 길들여 놓은 군화 같은 느낌이다.

마지막으로 카미유의 손톱과 이빨을 살펴봤지만 딱히 중요해 보이지는 않았다.

게임처럼 잡스런 아이템 아니면 재료 아이템 정도로 분류되는 것 같았다.

'좋아. 아이템은 됐고, 그 다음은 스텟 포인트인가?'

치호는 자신의 추측이 맞다면 분명 스텟 포인트 같은 게 있을 것이라 생각했다.

매직 아이템에 붙은 특수 효과만 봐도 민첩이니 뭐니 언급하고 있었으니까.

'음… 이것도 외쳐야 하나? 뭐라고 해야 하지?'

"…스텟! 상태! 상태창! 스텟 포인트! 포인트!"

아쉽게도 아무런 반응이 일어나지 않았다. 치호는 주위에 아무도 없음에도 불구하고 굉장히 부끄러웠다.

나이도 먹을 만큼 먹은 사람이 허허벌판에서 혼자 이러고 외치고 있는 게 뭐하는 짓인가 하는 생각이 들었다.

하지만 포기하지 않고 생각나는 대로 몇 번 더 외쳤지만 아무런 반응이 없었다.

뭔가 다른 명령어가 있을 것 같았다.

'으… 쪽팔리게 이게 뭔… 거점인가 뭔가에 가면 알 수 있겠지.'

치호는 혼자서 여기서 끙끙대고 있는 것보다 거점이라는 곳에 가서 사람들에게 물어보는 게 빠를 것 같았다.

게다가 거점에서 클레이 녀석과 풀어야 할 일도 있고 말이다. 클레이를 생각하니 미소가 지어졌다. 어떻게 하면 녀석을 더 고통스럽게 할까하는 생각들.

'클레이야, 조금만 기다려라. 금방 간다. 킥킥.'

치호는 어느 방향으로 갈까 고민하다가 처음 클레이가 사람들을 찾아왔던 방향으로 길을 잡았다.

걸음을 걷다 보니 몸이 더 가벼워지고 평소 걸음보다 약간 빨라진 것 같았다. 신발의 효과가 있긴 있는 것 같다.

그때 치호의 눈앞으로 메시지가 떠올랐다.

[히든 퀘스트 발동 조건 완료. 잠시 뒤 감춰진 히든 퀘스트가 발동됩니다. 준비하세요.]

'히든 같은 소리하네. 좀 그냥 가자. 씨팔!'

치호는 딱 봐도 뭔가 굉장히 곤란해질 것 같은 메시지에 욕부터 치밀어 올랐다.

*   *   *

[히든 퀘스트 — 피의 복수자]

— 발동 조건:
1. 인솔자에 의해 치명상을 입고 버려질 것.
2. 인솔자에게 복수를 다짐하고 추격할 것.
3. 테스트 필드 진입 후 3일이 넘지 않은 테스터일 것.

인솔자에게 버림받은 당신! 복수의 기회를 드립니다. 잠시 뒤 소환될 키테그람의 새끼를 처치하세요. 키테그람의 새끼도 처치할 수 없다면 당신은 복수할 자격조차 얻지 못합니다. 하지만 처치한다면 그 누구도 얻지 못한 보상을 얻습니다.

메시지가 떠오름과 동시에 치호의 전방으로 몇 백 미터나 되는 반구형 투명막이 생성되었다.

[배틀 필드가 생성되었습니다. 모든 적을 격살할 때까지 해제되지 않습니다. 곧 키테그람의 새끼가 소환됩니다. 준비하세요.]

[10]

[9]

[8]

치호는 떠오르는 메시지를 읽고 어이없는 퀘스트라고 생각했다.

자신이야 불사의 몸이니 치명상을 입든, 죽든 다시 살아날

때 몸이 회복될 테지만 다른 사람들은 치명상을 입었는데 어떻게 이런 퀘스트를 수행한단 말인가. 그냥 죽으라는 퀘스트나 다름없다.

피의 복수자니 히든 퀘스트니 허울 좋은 명분일 뿐, 복수 같은 걸로 해서 분란 일으키지 말고 자신들이 내려주는 테스트나 열심히 하라는 뜻이다.

게다가 누구도 얻지 못한 보상이라니. 언뜻 보기에는 좋아 보이지만 자세히 생각해 보면 이런 상황에서 퀘스트를 클리어하고 보상까지 얻는다? 당연히 누구도 얻지 못했지. 모조리 죽었을 테니까.

치호는 점점 열이 뻗쳤다.

'이 새끼들이 사람가지고 장난치는 것도 정도가 있지.'

점점 이 세계를 만든 놈이 궁금해졌다.

어떤 수작을 부렸길래 이런 시스템을 도입한 것이고 무슨 목적으로 이딴 짓거리를 하고 있는지. 죽음의 안식을 파괴한 이 녀석을 꼭 만나야 할 것 같았다.

으득.

'그래, 한번 놀아줄게. 근데 맘 단단히 먹는 게 좋을 거다. 너희, 사람 잘못 골랐어.'

[5]

[4]

이를 악물고 전투를 준비했다. 부츠와 가죽 갑옷을 다시 점검하고 손에 단도를 쥐었다.

반구형의 투명막을 툭툭 쳐봤지만 단단하게 가로막힌 것이 맨손으로 깨부술 수 없을 것 같았다.

'이건 뭐 꼭 죽으라고 도망가지도 못하게 막아놨네. 제길'

[1]

[0]

키에에엑!

치호의 전방에 높이만 족히 3m는 되어 보일 정도의 괴물이 나타났다.

피부는 파충류의 가죽처럼 오돌토돌해 보였고 2중 톱날 이빨에 두꺼운 꼬리까지 있었다.

녀석을 살펴보고 공략할 포인트를 찾고 있을 때 키테그람의 새끼가 치호를 향해 달려들었다.

'거참, 찌릿찌릿하구만.'

치호는 괴물이 달려오자 압박감이 느껴졌다. 과거 시베리아에서 불곰을 맞이했을 때의 느낌과 비슷했다. 그때는 아무런 준비도 없이 불곰을 맞닥뜨렸지만 지금은 다르다.

손에 단검씩이나 쥐어져 있고 가죽 갑옷에 마법 신발까지 있으니까.

'천천히 하나씩. 일단 눈부터!'

공략점이 애매할 때는 눈부터 터뜨리고 시작하는 게 좋다. 지금껏 치호가 만난 생명체 중에서 눈이 단단한 녀석은 없었던 데다 눈 공격이 성공했을 때의 효과는 말로 할 필요 없이 뛰어나니까.

치호는 마음을 차분히 먹고 괴물의 움직임을 파악했다. 녀석의 이빨과 꼬리는 충분히 위협적이었지만, 그것만 피하고 천천히 녀석을 공략하면 될 것 같았다.

쿠웅.

괴물 녀석이 투명막에 머리를 박았다. 치호가 타이밍을 재다가 녀석이 쇄도해 올 때 재빨리 피해낸 결과다.

녀석이 정신이 없을 때 단검을 역수로 쥐고 녀석의 등에 올라타 눈알을 찍었다.

끼에에엑!

괴물이 발광하기 시작했다. 치호는 얼른 멀리 떨어졌다. 괜히 근처에 있다가 저 두꺼운 꼬리에 스치기라도 하면 치명상이 될 것 같았다.

단단해 보이는 피부를 이 작은 단검으로 공격해 봤자 답이 나올 것 같지가 않아 일단 눈부터 공략했는데 어느 정도 통한 것 같았다. 녀석이 저렇게 발광하는 걸 보면 말이다.

치호가 회심의 미소를 짓고 다른 한쪽 눈을 공략하려고 타이밍을 재고 있을 때 괴물이 소리를 지르며 치호를 향해 입을 벌리고 포효했다.

'아무리 소리질러 봐야 소용없어……'

짐승들을 상대하다 보면 저렇게 포효해서 자신을 위축시키려는 놈이 있지만 치호에게는 전혀 통하지 않았다.

'내가 사냥 짬밥이 몇 년인데 새끼야.'

하지만 치호의 예상과는 다르게 일이 돌아갔다. 단순히 포효인 줄만 알았던 녀석의 울음이 멈추자 괴물에 입에서 불덩이가 튀어나와 치호를 향해 쏘아졌다.

'에이, 씨팔.'

맞다. 이곳은 이런 공격이 가능한 곳이다. 잠시 잊고 있었
다.

아니, 솔직히 저딴 괴물 따위가 이런 이능을 부릴 줄은 몰
랐다.

인간만 가능한 것인 줄 알았다. 치호는 불덩이를 간신히 피
했지만 안타깝게도 몸을 피한 장소에 괴물 녀석이 기다리고
있었다.

입을 벌린 채로.

콱.

"으아악! 놔! 이 새끼야!"

퍽퍽.

괴물은 치호의 왼팔을 입에 물었다. 단 한순간의 방심이 치
호를 위기 상황에 빠뜨렸다.

치호가 녀석의 콧잔등을 단검으로 마구 찔렀지만, 녀석은
쉽게 놓아주지 않았다. 팔을 입에 문 채로 마구 흔들었다.

쿵.

치호가 투명막에 부딪혀 떨어졌다. 녀석이 치호를 투명막으로 던져 놓았을 때는 이미 치호의 왼팔은 너덜너덜해져 있었다.

"끄악!"

치호는 거칠게 욕을 뱉고 싶었지만 고통 때문에 그럴 수 없었다. 하지만 괴물 녀석도 정상은 아니었다. 한쪽 눈알은 터져 있었고 코는 뭉개져서 피를 뿜어내고 있었다.

괴물이 분노의 포효를 외치고 치호를 향해 다시금 거리를 좁혔다. 치호와의 2차전이 시작되었다.

*   *   *

쿠웅.

키테그람의 새끼가 거대한 몸뚱이를 바닥에 뉘였다.

녀석의 눈은 모두 터져 있었고 코에서는 피거품이 일어나고 있었으며 온몸의 가죽에는 베인 홈집이 나 있고 귀에서도 피가 흐르고 있었다.

치호의 몸도 마찬가지.

한쪽 팔은 어디 갔는지 보이지도 않으며, 다리는 부러졌는지 쩔룩거리고 배에서는 피가 철철 흐르고 있었다.

으웩.

치호가 피를 잔뜩 토해냈다. 그리곤 피를 닦으며 말했다.

헉헉.

"거 봐, 새끼들아. 하악. 너네… 사람 잘못 골랐다고… 했지? 큭큭."

그 말을 하고 더 이상 서 있을 힘이 없는지 그대로 뒤로 넘어갔다.

치호가 쓰러졌든 죽었든 상관하지 않는다는 듯 공허하게 치호의 눈앞에 메시지가 떠오르고 있었다.

〈경험치 20,644를 얻었습니다.〉
〈1골 20실98 브론을 얻었습니다.〉
〈히든 퀘스트 클리어〉
〈추가 경험치 10,000을 얻었습니다.〉
〈클리어 보상. 전설 급 장비가 지급됩니다.〉

〈레벨 업!〉

〈레벨 업!〉

〈레벨 업!〉

〈레벨 업!〉

[배틀 필드가 해제됩니다.]

"휘유, 내가 이걸 잡았단 말이지?"

타이밍 좋게 레벨 업을 한 건지 다시 죽었다 살아난 건지 정신을 잃어 정확하진 않지만 어느새 몸이 회복되어 있었다.

뜯긴 팔도 복구되어 있었고, 부러진 다리도 제대로 붙어 있는 걸 보면 죽다 살아난 확률이 크다.

레벨 업의 효과가 결손 부위까지 재생시켜 주는지 아직 확인되지 않았기 때문이다.

치호는 자신의 발치 아래 놓인 키테그람 새끼의 시체를 내려다보았다.

혀를 죽 내밀고 있는 모습이 징그러워 보였지만 자신이 혼자 잡았다는 것에 대해 자부심이 느껴졌다.

그러고는 시체를 인벤토리에 넣어봤는데 쑥하고 시체가 빨려 들어갔다.

보통 괴물은 아니라고 생각했기 때문에 한번 넣어봤더니 잘 들어갔다.

일단 버리고 가기 아까워서 챙겨뒀다. 거점에 도착하면 쓸모를 찾을 수 있을 것 같았다.

쓸모가 없다면 먹어볼 생각이기도 했다. 아직 식량을 찾지 못했으니까.

"실력이 죽지는 않았네. 그래도 영… 옛날 같지 않단 말이야……."

정말 오랜만에 겪는 살과 살이 맞부딪치는 전투였다. 요즘엔 총기류가 유행하기 때문에 총기만 사용했지 이렇게 직접 싸워보긴 오랜만이었다.

그랬기에 치호는 스스로의 실력에 만족하지 못했다. 실력이 녹슨 것이 느껴졌다.

마법 신발 덕분에 몸의 움직임은 확실히 빨라지긴 했지만 예전만 못했다.

게다가 회피 움직임이나 공격할 때마다 연계가 매끄럽지 못했다.

예전 감각을 되찾으려면 한참의 전투를 겪어야만 할 것 같았다.

'그래도 쓸 만한 걸 얻어서 다행이지.'

치호는 자신의 발가락에 끼워져 있는 반지를 물끄러미 내려다봤다.

〈에틸라반의 우울 - 전설〉

— 키테그람을 사냥하기 위해 먼 길을 떠났으나 키테그람의 발구름 한 번에 목숨을 잃은 에틸라반의 한이 서린 반지.

— 특수 효과: 기량 +161, 지구력 +10%,

— 보조 효과: 에틸라반은 자신과 같은 급사를 방지하기 위해 착용자를 수호해 줍니다. 착용자가 죽음에 달하는 치명상을 받으면 충격량만큼의 남은 수명을 차감하고 급사를 면하게 해 줍니다.

— 내구도: 100/100

치호는 얻은 전리품은 반지였지만 발가락에 끼워두었다. 화려하지 않고 모나지 않아 발가락에도 잘 들어맞았다.

손은 전투 중에 손실 혹은 결손되는 경우가 많고 무기를 잡는 등의 민감한 작업을 많이 해야 하기 때문에 걸리적거리는 것을 최대한 줄일 생각이었다.

'한마디로 툭 치니 억하고 죽더라 하는 상황을 막아준다는 거지. 게다가 수명? 킥킥. 마음껏 가져가라, 제발.'

이번 전리품은 치호의 마음에 쏙 들었다.

방금 잡은 키테그람의 새끼만 해도 얼추 3m가 넘었던 걸 보면 앞으로 어떤 녀석들이 나올지 몰랐다.

이번 전투의 경우에도 괴물의 꼬리가 가장 거슬렸다. 한 번 맞으면 그대로 목숨을 잃을 것 같았기 때문이다.

목숨을 잃는 것은 두렵지 않으나 자신이 죽은 사이에 퀘스트 혹은 테스트 같은 게 진행되고 있다면 곤란하다.

다시 살아날지 어떨지 몰라도 진행 중인 것들은 실패로 돌아갈 것이 뻔했다. 그런 상황을 방지하는 것만 해도 좋은 아이템이 분명한데 특수 효과까지 붙어 있었다.

'등급 하나 다르다고 앞자리가 다르구만 이거.'

지난번 얻은 매직 아이템의 경우 10대의 증가량을 보여줬지만 전설 급은 자릿수부터 달랐다.

'근데 기량은 뭐에 쓰는 스텟이지……'

기량이라는 스텟 포인트가 어디에 쓰이는지 아리송했다.

어서 빨리 거점에 도착해야 할 것 같았다. 그래야 뭔가 전략을 짜도 짤 것 같았다.

치호는 얼른 장비를 다시 점검하고 걷기 시작했다.

*   *   *

끼께케켁.

"좀 그만 나와라. 이 새끼들아!"

〈까피를 치치하셨습니다.〉

〈경험치 3을 획득하였습니다.〉

〈20브론을 획득하였습니다.〉

치호는 키테그람의 새끼를 처리한 후 벌써 보름째 걷고 있었다.

하지만 아무리 걷고 또 걸어도 거점이란 곳은 찾아볼 수가 없었다.

중간에 방향을 잘못 잡았나 싶어서 다시 원점으로 돌아가 다른 방향으로 걸어보기도 했지만, 눈에 보이는 건 황량한 지평선뿐이었다.

게다가 중간중간 들이닥치는 괴물 떼거리는 치호를 점점 지치게 만들었다.

'키테그람인지 뭔지 시체 챙겨오길 다행이지.'

그동안 치호는 배가 고프거나 목이 마를 때마다 인벤토리 안에 있던 키테그람의 시체와 피를 조금씩 꺼내 먹었다.

간만에 생고기와 생피를 마시니 꼭 캠핑하는 기분이 났다.

처음에는 먹어도 되는 건가 싶어 불안했지만 괜찮았다.

사실 독같은 게 있어 죽는다 해도 다시 살아난 후 안 먹으면 그만이니 실험해 볼 필요는 있었다.

필드에서 나오는 몬스터는 사냥과 동시에 검은 재를 날리며 사라지고 아이템을 툭툭 뱉는 녀석들이었지만, 이 키테그람의 새끼는 시체를 남겼기에 냅다 챙겼는데 아주 잘 챙겨온 것 같았다.

챙겨오지 않았으면 저 벌판 어딘가에 쓰러져 굶어 죽었다 살았다를 무한히 반복하고 있었을 것이다.

예전 지구에서도 그런 경험이 있었지만 그때는 지나가는 여행자에 의해서 간신히 목숨을 연명했다.

굶어 죽는 경험을 수십 번 반복해서 겪는 고통이란 상상을 초월한다.

게다가 이 황량한 벌판에서 다른 여행자가 있을 거라 보기 힘들었다. 여기서 굶어죽으면 말 그대로 끝장이다.

영원한 고통.

그런 생각이 들자 치호는 위기감이 들었다.

'레벨 업인지 뭔지 할 때 공복감이 없어지긴 하던데… 요즘엔 경험치도 개미 똥 마냥 주고 말이지……. 시체까지 다 뜯어 먹으면 큰일인데…….'

치호는 인벤토리 안의 시체를 조금 뜯어 먹으며 한숨을 내쉬었다.

지금은 시체와 피가 여유 있지만 언제 거점이란 곳을 발견할지 모르기에 점점 불안해지기 시작했다.

'이게 다 클레이 그놈 때문이다! 이 망할 놈. 만나기만 해봐!'

치호는 괜히 클레이에게 이를 갈았다.

그때 기회를 노리고 수풀에 숨어 있던 카미유가 치호를 향해 달려들었다.

'그만 좀 나오라고!'

잠깐이라도 빈틈을 보이면 이놈들은 어디서 나오는지 득달같이 달려든다. 하지만 카미유는 치호에게 적수가 되지 못했다. 처음 이곳에 왔을 때만 해도 카미유에게 큰 상처를 입었지만 지금은 달랐다. 카미유가 달려듦과 동시에 허리춤에 꽂아둔 단도를 재빨리 집어 들고 카미유의 목을 그어버렸다.

키켁.

카미유는 저항 한 번 못 해보고 치호에게 목숨을 잃었다. 그간의 전투로 인해 예전의 감을 조금은 되찾은 것 같았다. 단 한순간도 방심할 수 없는 야생에서의 전투.

아직은 만족할 수준은 아니라도 쉽게 기습을 당하지 않을 수준까지 감각을 끌어 올렸다.

치호가 카미유의 피를 툭툭 털고 있을 때 귓가에서 희미한 방송 소리가 들렸다.

[…따라주세요. …인솔자… 도착…….]

치호의 정신이 번쩍 들었다.

'있다! 근처에!'

치호는 소리의 근원지를 향해 미친 듯이 달렸다. 지금 기회를 놓치면 또 언제 사람들을 만날지 모른다.

얼마간 방송 목소리를 따라 뛰었을 때 저 멀리서 한 무리의 인원이 널브러져 있는 게 보였다.

그리고 반대편에서 한 사람이 걸어오고 있었다.

'인솔자! 드디어 찾았다! 이 개새끼!'

치호는 얼른 사람 무리에 뛰어들었다. 방금 전투가 끝났는지 주위가 어수선해서 사람들이 눈치채지 못했다.

사람들 사이에서 치호는 클레이의 목을 딸 기회를 노렸다. 방심한 틈을 노릴 것이다.

클레이가 자신에게 그랬던 것처럼.

사람들 무리 속에 숨어 치호는 눈을 번뜩이며 클레이가 도착하길 기다렸다.

인솔자가 사람들 무리로 다가왔다. 치호는 고개를 푹 숙였다. 먼저 알아보기라도 하면 곤란하기 때문이다.

다섯 걸음.
다섯 걸음만 더 다가오면 달려 나간다.
무조건 목을 딸 수 있는 거리.

셋…….

둘…….

한 걸음만 더!

치호는 허리춤의 단검을 세게 그러쥐며 다가오는 상대의 발만 바라봤다.
그때 인솔자가 사람들을 향해 외쳤다.
"안녕하세요! 저는 여러분들의 인솔자로 배정된 미소예요! 최 미소! 반가워요. 여러분."
"어?"

치호는 자신도 모르게 육성을 냈다. 그리고 얼른 고개를 들었다. 클레이가 서 있어야 할 자리에 다른 이가 서 있었다.

'여자?'

제3장
습격

클레이가 아니고 예쁘장하게 생긴 단발머리의 여자가 서 있었다. 20대 중반쯤으로 보이는 여자였다.

'제길, 인솔자가 한 놈이 아니야?'

기껏 복수를 할 수 있을 줄 알고 신나게 준비했는데 공염불만 외운 셈이 되었다.

치호가 무슨 생각을 하고 있던 관심 없는지 인솔자 미소는 자신이 할 말을 쏟아냈다.

살아남은 사람들의 질문 공세가 시작됐지만 잘도 말을 이어갔다.

"여러분 일단 거점으로 출발하죠! 여기는 곧 괴물이 다시 출몰할지 몰라요. 어서 움직여야 해요! 아까 그런 녀석들과 다시 싸우고 싶진 않으시죠? 어서 가요."

치호는 군말 없이 미소를 따라갔다.

이번에도 괜히 쓸데없는 말을 했다가 인솔자와 부딪히면 곤란하다. 부딪치더라도 일단 거점의 위치부터 파악하기로 결정했다.

인솔자 미소는 길을 가면서 이곳에 대해 간략하게 설명했다. 그런 이야기들은 치호의 관심 밖이었다. 이미 몸으로 깨달은 바가 있었기 때문에 미소의 말이 얼른 끝나고 스텟을 조정하는 방법을 알고 싶었다.

'스텟, 스텟이나 얼른 말해라. 이년아.'

치호는 클레이 때문에 괜히 인솔자라는 이들에 대해서 악감정이 들었다.

저들은 분명 한패라고 생각했기 때문이다.

"음, 더 자세히 알고 싶은 것은 거점에 가서 따로 알아보시면 돼요. 거기 안내 데스크가 있으니까 거기서 각자 의문점들을 해결하시면 될 것 같고… 인벤토리도 얘기했고… 또 뭐가 있더라… 아! 스텟! 스텟 이야기를 깜빡했네요."

'깜빡할 게 따로 있지. 하여튼 이 인솔자 놈들은 마음에 안

들어.'

치호는 속으로 욕을 하면서도 미소의 말에 귀를 기울였다.

"이번 1차 자격 테스트로 추가 스텟을 얻으신 분도 있을 테고 그렇지 않으신 분이 계시겠지만 먼저 말씀드릴께요. 스텟 창은 '스테이터스 상세 확인'이라고 외치면 관련 창이 나오거든요?"

'스테이터스 상세 확인? 별것도 아닌 걸로 꼬아놨네. 제길.'

치호는 나지막하게 스텟 상세 확인이라고 중얼거리고 눈앞에 떠오르는 스텟 수치를 확인했다.

〈스테이터스 상세〉

— 종족(격): 인간(견습 테스터)
— 이름: 황치호(Lv. 8)
— 특성: 불사의 괴인[???]
— 직업: 미정
— 기본능력(미지정 포인트 +35)

근력: 10 〉 10

지구력: 10[+10%] 〉11

민첩: 10[+23] 〉 33

마력: 10 〉 10

기량: 10[+161] 〉 171

— 추가 능력: 이동 속도 +5%

— 획득 칭호: 카미유 학살자

'응? 불사의 괴인? 내가 왜 괴인이야. 지들 멋대로구만, 이거. 게다가 물음표는 뭐고.'

치호가 스텟 창을 보고 있을 때 미소가 이어서 설명을 시작했다.

"처음 능력치는 기본 10이라고 보시면 돼요. 근데 능력치라는 게 절대적이라기보다 전투 상황에서의 기댓값 정도라고 생각하시는 게 편해요."

사람들은 모두 스텟 창을 보느라 정신이 없는지 미소의 말에 대꾸도 하지 않고 자기들끼리 이야기하느라 바빴다.

"오늘은 일단 여기서 쉬었다 가죠. 적당히 수풀이 나 있어서 바람막이에 좋겠어요. 밤에는 가능하면 움직이지 않는 게 좋아요. 괴물들이 더 기승을 부리거든요."

어느새 날이 저물고 있었다.

주위를 둘러보자 사람들은 각자 자리에 앉아 스텟 창이나 인벤토리 등을 보는 등 정신이 없어 보였다.

다른 사람들과 능력치를 비교하는 등 서로 이야기를 나누었다.

한켠에서 미소는 말없이 불을 피우고 있었다. 치호는 다른 사람들과 수다나 떨 생각은 없었기에 얼른 미소에게 다가가 말을 걸었다.

"불 피울 재료가 어디서 난거지?"

"아, 이거요? 이건 거점에서 구입한 아이템이에요. 둘러보시면 아시겠지만 여긴 벌판이라 딱히 불 피울 재료가 마땅치 않거든요. 게다가 아이템으로 불을 피우면 괴물들을 내쫓는 효과도 있어요. 나중에 구입하시는 게 좋아요."

괴물들을 쫓아낸다는 효과에 저절로 눈이 갔다.

지난 며칠간 당한 괴롭힘을 생각하면 아주 쓸 만해 보였다.

"이런 것도 거점에 가면 구할 수 있나?"

"네. 이것 말고도 거점에 가시면 상점이 있는데 거기서 다양한 물품을 구하실 수 있어요. 가보시면 알게 될 거예요."

치호는 상점이라는 말에 관심이 갔다.

상점에서 저런 물건을 살 수 있고 더 다양한 물품을 구매할 수 있다니.

어떤 물품들을 구매할 수 있는지 궁금해졌다.

"그렇군……. 그건 그렇고 스텟을 보면 기량이란 것이 있던데 이건 어디에 쓰는 건지 알고 있나?"

"그건 정확한 건 아닌데 사람들 말로는 럭키펀치? 치명타?

뭐 이런 것에 관련이 있는 것 같다고 추측하고 있어요."

"추측?"

"네. 사실 이곳은 초보 존이나 다름없기 때문에 여기 오래 있는 사람이나 정확한 정보를 가지고 있는 사람은 없어요. 제 한 레벨이 10이거든요. 10이 되면 더 이상 레벨이 오르지 않아요. 더 레벨을 올리거나 이곳에서 죽을 때까지 살 생각이 아니라면 다른 장소로 이동해야 해요."

치호는 미소의 말을 듣고 짚이는 바가 있었다.

처음과는 달리 요즘에 레벨이 잘 오르지 않는 게 이것과 관련이 있는 것 같았다.

이어지는 미소의 말을 요약해 보면 인솔자라는 것도 별것 없는 것 같다.

인솔자도 알고 봤더니 우리들과 같은 견습 테스터일 뿐이었다.

다만 초보 존을 벗어나기 전 〈여신님의 심부름〉이라는 퀘스트를 수행하는 것일 뿐이다.

이 퀘스트의 발생 장소는 정해져 있지만 그 난이도가 무작위이기 때문에 한계 레벨까지 성장한 후 도전한다고 했다.

난이도가 높을수록 보상이 좋아서 실패하면 손해가 이만 저만이 아니기 때문에 반드시 성공하기 위해 한계 레벨까지 올리고 시도하는 것이다.

'그래서 클레이란 놈이 아니꼬운 표정이었구만.'

사람들을 인솔해 오는 일이 어려운 일이 아닐 것이다. 그렇기에 보상도 별로 기대할 정도는 아닐 테고.

클레이 생각을 할 때 미소가 이야기를 이어갔다.

"사실 여기 계신 분들은 이미 1차 자격 테스트에서 자격을 얻어 통과하셨잖아요? 그 자격만 있으면 다음 장소로 이동할 수 있어요. 근데 다음 장소가 어딘 줄 알고 막 넘어가겠어요. 게다가 한번 넘어가면 다시 이곳으로 돌아올 수도 없구요. 그러니 한계 레벨까지 올리고 다른 장소로 넘어가는 거죠."

치호는 미소의 말을 들으니 상황이 대충 이해가 갔다.

즉, 이 장소에서 오래 머무는 이는 별로 없고 잠시 머물렀다 가는 장소나 다름없다.

그리고 정보 좀 있다 하는 녀석들은 이미 이곳을 빠져나갔기 때문에 정보가 제대로 돌지 않는 것 같다.

치호와 미소가 대화를 나눈 것이었지만 주변의 사람들이 모두 둘의 대화에 집중하고 있었다. 그 모습을 보고 미소가 한숨을 쉬며 외쳤다.

"자자! 밤이 늦었어요. 궁금한 것이 많은 건 알지만 지내다 보면 자연스럽게 알게 돼요. 너무 조급해할 것 없어요, 여러분들. 내일 움직이려면 지금 푹 쉬셔야 해요. 괴물은 걱정 마시고 푹 쉬세요. 저 불꽃이 꺼지지 않는 한 괴물은 다가오지 못해요."

미소가 사람들을 물리고 얼른 잠자리를 찾아 누워버렸다. 더 이상 대답해 주기 귀찮은 것 같았다.

치호도 대충 알아둬야 할 것은 다 알아둔 것 같기에 이쯤에서 만족하기로 했다.

미소의 말대로 어차피 곧 알게 될 것에 조급해할 필요 없다.

더군다나 간만에 괴물들의 방해 없이 잘 수 있다는 생각에 졸음이 몰려왔다. 다른 사람들도 하나둘 자리를 잡고 누워 잠을 청했다.

적막한 바람과 장작불이 탁탁 소리를 내며 조용히 타오르는 깊은 밤 치호는 홀로 조용히 눈을 떴다. 사람들은 오늘 겪은 전투가 피곤하고 많이 놀랐는지 깊은 잠에 빠져들어 있었다.

'음…….'

치호는 뭐가 마음에 들지 않았는지 미간을 한번 찡그리고는 발걸음 소리조차 내지 않고 미소의 곁으로 조용히 다가갔다.

"이봐."

치호가 미소를 툭툭 건드리며 깨웠다.

"아, 왜요! 아 잠이나 푹 자두시……."

"모닥불이 켜져 있을 때 괴물들은 다가오지 못한다고 안 했어?"

치호는 짜증을 부리려는 미소의 말을 중간에 자르고 나지막이 말했다.

그러자 미소도 분위기가 이상했는지 덩달아 목소리를 낮추며 말했다.

"모닥불이 있을 때는 괴물들은 접근하지 못하죠. 봐요, 저기. 아직 모닥불이 살아 있잖아요."

"그럼 합류해야 할 동료라도 있나?"

"동료요? 이런 퀘스트를 누가 같이해요. 혼자 하는 거지."

"음… 그래?"

"왜요. 문제라도 있어요?"

치호가 다시 한 번 주위를 둘러보더니 잠시 뒤 말했다.

"…아무래도 우리 포위된 것 같은데?"

"포위… 아! 이런 씨발 새끼들. 모두 일어나! 전투 준비!"

미소는 뭔가 깨달았다는 듯 벌떡 일어나 욕을 내뱉으며 일행들을 깨웠다.

사람들은 미소의 외침에 어리둥절한 표정으로 주섬주섬 뭔가를 챙기기는 하는데 별로 도움이 될 것 같지는 않았다.

게다가 미소는 지금까지 사람들에게 욕을 한다거나 상해를 입히는 일 없이 안정적으로 일행을 인솔하였기에 이런 면이 있는 줄 몰랐다.

'하긴. 이 녀석도 인솔자면 10레벨이라는 건데… 별별 일이 다 있었겠지.'

이런 기묘한 장소에서 적응하고 10레벨을 달성했다는 이야기는 어지간히 재수가 좋거나 아니면 그만큼 강하거나 둘 중하나다.

미소는 아마 후자 쪽인 것 같다. 강해지려면 그만큼 많은 전투를 겪었을 것은 당연한 일.

적을 먼저 눈치채지는 못했지만 나름대로 대처는 괜찮은 것 같았다.

"피츠, 이 개새끼야! 빨리 안 나와?"

미소가 어둠을 향해 외쳤다. 아마도 일행을 포위한 이들의 정체를 아는 것 같았다.

그때 수풀이 조금 흔들리더니 어둠 속에서 목소리가 들렸다.

"이거 편하게 갈려고 했더니 빠꼼이가 하나 있었군그래."

어둠 속에서 들리는 목소리와 동시에 사방으로 대략 스무명 정도 되어보이는 무리가 튀어나왔다.

미소는 대충 인원 수를 세어보더니 표정을 일그러뜨렸다.

"피츠, 너 이 새끼. 꼭 이렇게까지 해야겠어?"

"그러게 한 번 주면 좋잖아. 누가 그렇게 뻣뻣하게 나오래? 게다가 이거 심부름 퀘스트지? 이거 완료하고 나서 다른 곳으로 가면 영영 못 볼지도 모르는데 그렇게 둘 수야 없지. 안 그래?"

피츠라고 불린 사내는 체구가 좋은 백인 남성이었다.

손에는 커다란 도끼가 들려 있는 걸 보면 기술보다는 힘으로 싸우는 타입 같았다.

피츠의 다른 일행을 둘러봤을 때 검을 든 이도 있었고 창 같은 긴 무기를 든 이도 있었다.

그나마 다행인 것은 총을 든 녀석은 없는 것 같았다.

"그래서 나 한번 어떻게 해보겠다고 발정난 개새끼처럼 우르르 몰려오셨나? 남자새끼가 쪼잔하게. 그러니까 내가 안 주는 거야, 병신아."

"하여간 이 상황에서도 그런 말이 나오나? 성깔 하고는. 그냥 좋게 좋게 가면 얼마나 좋아. 어? 이 한밤중에 필드에서 너도 고생이고 나도 고생이고, 서로가 얼마나 피곤한 일이야?"

"지랄."

치호는 피츠와 말다툼을 벌이고 있는 미소를 물끄러미 쳐다봤다.

톡톡 쏘는 말투는 주눅 든 것처럼 보이지 않았지만 표정은 굳어 있었고 땀방울이 미소의 뺨을 따라 흘러내리는 걸 보면 많이 긴장한 게 틀림없다.

'애쓰는 것 같지만 아직은 좀 더 커야겠어. 표정을 숨기는 정도까지는 아닌가보군. 그나저나 피츠? 참… 너도 열심히도 산다. 쯧쯧.'

피츠의 목적은 알겠다만 여자 하나 어떻게 해보겠다고 굳이 수고로움을 감수하고 일행을 모아 한밤중에 여기까지 나온 걸 보면 참 부지런하다고 생각했다.

치호에게 성욕은 더 이상 큰 의미를 갖지 못했다. 긴긴 시간을 살면서 수많은 일을 겪다 보니 감정이 마모된 것인지 크게 와 닿지 않았다.

아니 오히려 다른 사람에게 관심을 주는 것 자체를 꺼려했다. 성욕이란 것도 타인에 대한 관심에서부터 시작하는 욕망이니까.

치호의 관심을 받았던 사람 중 지금까지 남은 이는 하나도 없다.

관심을 줄수록 치호 스스로만 공허해질 뿐이었기에 스스로를 차단했다.

그랬기에 치호는 피츠란 사내의 행동이 더욱 이해는 갔지만, 납득은 되지 않았다.

저럴 시간에 잠이나 더 자두거나 사냥 계획 같은 걸 세우는 게 더 유익할 것 같았다.

'젊은 게 좋긴 좋지. 혈기 왕성할 때다⋯⋯. 그나저나 저 서양 놈이 한국말 참 잘하네.'

치호는 클레이 때도 그렇고 서양 놈들이 한국말을 잘 한다고 생각했다.

치호가 지금까지 들은 말 중 한국어 이외의 언어가 한 번도 없었기 때문이다. 생각난 김에 얼른 물어보고 싶었다.

"여봐, 근육 뚱땡아. 너 한국 사람이야? 한국말을 왜 그렇게 잘해?"

"뭐? 근육 뚱땡이?"

피츠는 근육 뚱땡이라는 말을 듣고 점점 얼굴색이 붉어졌다. 그때 앞에선 미소가 뒤를 돌아보며 치호에게 쏘아 붙였다.

"아저씨! 상황 파악 좀 해요! 지금 상황 이해 안 돼요? 우리 다 죽게 생겼다구요!"

"뭐 죽기야 하겠나, 우리야 뭐 원한을 진 것도 없는데."

"하아⋯. 아저씨, 테스터들끼리 죽여도 경험치랑 아이템이 나와요. 아이템은 죽은 테스터가 갖고 있던 것 중 무작위지만요."

"그래서 뭐?"

"그러니까! 저놈들이 여기 있는 사람들 다 죽일 거라구요! 저기 따라온 놈들이 괜히 온 줄 알아요? 경험치를 쉽게 얻으려고 따라온 하이에나 같은 녀석들이란 말이에요!"

미소의 말을 종합해 보면 여자 하나 어떻게 해보려고 온 것도 있었지만, 결정적으로 경험치를 얻으러 온 것 같았다.

테스터끼리 죽여도 경험치와 아이템을 얻을 수 있다고 하는 것을 보면 말이다.

아직 이 세계에 대해 잘 이해하지 못하고 무기 하나 제대로 얻지 못한 테스터의 목을 따는 것은 괴물들의 목을 따는 것보다 훨씬 손쉬운 일일 테니까.

치호는 미소에게 퉁명스럽게 한 가지를 더 물었다.

"그렇단 말이지? 사람 죽이면 페널티 같은 건 없고?"

"그런 게 있었으면 저놈들이 저렇게 나왔겠어요?"

"아무런 페널티가 없다는 말이지? 오히려 경험치랑 아이템까지 주고 말이야?"

"아휴."

미소는 대답을 하지 않고 고개만 가로저었다. 더 이상 대답할 가치가 없다는 듯 다시 피츠에게 시선을 주었다.

피츠는 치호와 미소가 하는 대화를 듣고 어이없다는 듯 웃었다.

"나 이거야 원. 우리 매복을 눈치챌 정도로 빠꼼이가 하나 있길래 뭔 숨겨진 한 수가 있나 싶었더니 그냥 뉴비였어? 크하하. 거기 빠꼼이, 죽이기 전에 그거 하나는 알려 드릴게. 이곳에서는 말이야 동양 놈이고 서양 놈이고 다 말이 통하더라고. 이유는 잘 모르겠지만 말이야."

"아 그래? 좋은데? 이곳 말 배울 필요는 없겠어."

"별 걱정을 다하는군. 아마 오늘 이후로 영원히 말 배울 필요가 없을 테니까 걱정 말라고. 크흐흐."

피츠란 녀석은 이제 대놓고 치호에게 살기를 보내고 있었다.

어차피 미소가 자신들의 목적을 이야기한 이상 망설일 게 없는 듯 했다.

"드디어 오늘 동양 년 맛을 보겠어. 내가 옛날부터 동양년들은 어떤 맛인가 궁금했단 말이야. 기대되는데?"

피츠의 일행들이 점점 거리를 좁혀 오기 시작했다. 치호와 미소의 일행은 다 합해서 서른 명쯤 되어 잘만 싸우면 피츠 일행을 이길 수 있을 것 같았으나 실상은 달랐다.

생존자가 적다는 뜻은 결국 1차 테스트에서 그만큼 전투를 잘 수행하지 못하고 많이 죽었다는 뜻.

이들의 실력이 그만큼 형편없다는 것과 같다.

그 의미를 누구보다 잘 아는 미소의 얼굴은 점점 일그러져 갔다. 아무리 봐도 피츠 일행을 이길 수 있을 것 같지는 않았다.

그나마 피츠 일행을 가장 먼저 발견한 치호에게 약간의 기대를 걸어 보았지만 분위기 파악도 못하고 이상한 소리나 해대는 통에 기대감을 아주 버려 버렸다.

게다가 지금은 아주 포기했는지 눈까지 감고 편안한 표정으로 죽음을 기다리는 것 같았다.

한심한 그 꼴을 보니 미소는 자신까지 힘이 빠질 것 같아 한 소리 했다.

"아저씨! 정신 똑바로 차려요! 침착하게 상대하면 상대 못 할 것도 없어요. 포기하지 마세요!"

미소가 치호에게 외침과 동시에 반대편에서 비명 소리가 들렸다.

"끄악!"

"꺄아악!"

녀석들의 칼이 휘둘러졌다. 미소는 비명이 소리가 난 곳으로 고개를 홱 돌렸고, 동시에 치호는 눈을 감은 채 발밑에 있던 모닥불을 발로 차 꺼뜨렸다.

불이 꺼지기 직전 미소의 눈에 새겨진 모습은 사람들이 저항 한 번 제대로 못 하고 벌벌 떨며 하나 둘씩 쓰러져 가는 모습이었다.

미소는 입술을 너무 꽉 깨물었는지 피가 나오고 있었다. 더 이상 지체할 수 없어 적들을 향해 달려 나가려는 찰나 사방이 어두워졌다.

"뭐야! 어떤 놈이 불을 끈 거야! 귀찮게."

피츠의 목소리가 들렸다.

치호는 감았던 눈을 떴다. 사위는 어두웠지만 치호의 시력은 빠르게 어둠에 익숙해져 갔다.

그리고 자신의 앞에 보이는 미소에게 다가가 조용히 속삭였다.

"포기? 누구한테 하는 말이지?"

갑자기 등 뒤에서 들리는 목소리에 소름이 돋았다.

너무나 차갑고 아무런 감정이 느껴지지 않는 목소리. 아무리 어둡다지만 기척조차 느낄 수 없었는데, 마치 유령처럼 다가와 속삭이는 치호의 목소리 때문이었다.

미소는 얼른 뒤돌아 치호를 찾았지만 그는 이미 그 자리에 없었다.

그저 지독한 어둠만이 치호의 빈자리를 메우고 있을 뿐이었다.

치호는 망설임 없이 움직였다. 어둠은 지금 치호의 편이다. 이미 상대의 실력은 대충 파악이 끝났다. 방금 전 웃기지도 않은 대화를 통해서.

"끄륵."

낮은 신음이 어둠을 갈랐다. 하지만 적들의 신음인지 아군의 신음인지 분간조차 가지 않았다.

소리의 진원지는 치호가 습격자의 목에 단검을 틀어박는 소리였다.

두 번의 칼질도 필요치 않다. 만약 이들이 인간이 아닌 괴물들, 하다못해 맹수만 되었더라도 두 번, 세 번 확인을 해야 했을 것이다.

하지만 이들은 인간.

야성을 잊은 현대 사회의 인간이다.

'아무리 강한 척, 야만인인 척 굴어봐야 아직 문명의 물이 빠지지도 않은 잔챙이들이지.'

이런 이들을 상대하는 방법은 괴물들을 상대하는 것보다 쉽다. 치호와 멀리 떨어지지 않은 곳에서 검광이 번뜩였다. 다음 타겟이 정해졌다. 망설일 필요가 없다. 적들이 급작스레 찾아온 어둠에 익숙해지기 전에 일을 마무리 지어야 한다.

치호는 얼른 단검을 검집에 넣고 유령처럼 또 다른 습격자의 목숨을 빼앗기 위해 움직였다.

*　　　　　*　　　　　*

주위 사방에서 비명 소리가 들렸다. 초보 테스터들은 앞이 잘 보이지도 않는데 도망치려고 발버둥을 치는 것 같았다.

방금 전만 해도 사람들이 모여 있었으나 지금 이렇게 사방에서 비명 소리가 들리는 것을 보면 말이다.

"거 참 새끼들. 살판났네, 아주. 적당히들 나눠먹으라고. 그리고 미소 그년은 남겨둬야 하는 거 알지? 그년은 내꺼야. 건드리는 새끼는 내가 직접 목을 따줄 테니까. 알아서들 해."

피츠는 불을 다시 피우기 위해 여유롭게 움직이면서도 미소가 죽거나 다칠까봐 어둠을 향해 소리쳤다. 피츠의 관심은 오직 미소만을 향해 있었다. 경험치에는 관심 없어 보였다.

"제길 이건 왜 이렇게 안 되는 거야."

연신 불을 피우려고 부싯돌을 부딪쳤지만 애꿎은 불똥만 튀었다. 그 사이에도 사방의 비명은 멈추지 않았다.

탁탁, 후우.

피츠는 간신히 옮겨 붙은 불쏘시개 위의 불꽃에 바람을 살살 불었다. 하지만 불은 여간해서 살아나지 않았다.

"제길, 이 짓도 오랜만에 하니까 잘 안 되는군."

툴툴거리는 피츠의 말과는 달리 불쏘시개의 불은 점점 커지는 것 같았다. 쌓아둔 장작 위로 불쏘시개를 옮기려는 찰나 등 뒤에서 누군가의 목소리가 들렸다.

"왜, 뭐가 잘 안 돼?"

"와! 이, 씨발! 깜짝이야."

피츠는 화들짝 놀라 장작 위에 불쏘시개를 대충 던져 놓고 얼른 도끼를 집어 들었다.

"누구야!"

장작 위로 대충 던져 놓은 불쏘시개의 불은 어둠을 양식 삼아 점점 그 크기를 키워갔다.

"누구긴 누구야, 빠꼼이지."

한 발짝 피츠에게 다가서며 말했다.

치호가 한 발짝 다가서자 장작불의 빛은 점차 치호를 선명히 드러냈다.

핏방울이 잔뜩 튄 얼굴로 미소 짓고 있는 그의 손에는 이가 많이 나가 금방이라도 부러질 것 같은 낡은 단도 하나가 들려 있었다. 그것 또한 누군가의 피를 흠뻑 머금었는지 바닥으로 한 방울씩 피를 떨어뜨리고 있었다.

장작의 불빛은 점점 그 세를 키우며 주변 모습을 밝게 비추었고 그와 맞추어 비명 소리가 점점 사그라졌다.

"아 깜짝 놀랐잖아, 빠꼼이 새끼야! 거 도망이라도 쳐볼 것이지, 이쪽으로는 왜 왔대. 이봐! 여기 한 놈 더 있다. 얼른 경험치 가져가라."

피츠는 별것 아니라는 듯 주변을 향해 소리쳤지만 그의 외침에 응하는 답은 하나도 없었다.

"크악."

그때 거친 단말마가 둘 사이의 정적을 깨뜨렸다. 미소가 상대하고 있었던 습격자의 목숨이 끊어지는 소리였다. 그리고 다음 상대를 찾기 위해 주위를 둘러봤을 때 미소는 그대로 굳어버렸다.

습격자들은 더 이상 찾아볼 수 없었다. 그저 고통스러운 표정으로 숨통이 끊어져 있는 시체만 보였다. 미소는 경악스러운 표정으로 치호를 쳐다봤다.

"어… 어떻게?"

미소는 도무지 이해가 되질 않았다. 피에 젖은 저 모습을 볼 때 다른 이가 아니다. 치호가 한 짓이 분명하다. 자신이 습격자 둘을 상대하는 동안 저 어둠 속에서 치호는 나머지 습격자들을 모두 처리했다. 지금까지 이런 사람은 본 적이 없다. 아니 사람이 맞는지도 의심이 들었다.

"너, 너 이새끼 뭐야!"

피츠는 자신이 여유롭게 불을 피우던 시간에 들리던 비명소리가 신입 테스터가 아닌 자신이 데리고 온 이들의 비명 소리였다는 걸 깨달았다. 피츠가 당혹스러운 표정으로 뒷걸음칠 때 치호가 말했다.

"왜, 이제야 상황 파악이 좀 되시나? 어이, 근육 뚱땡이. 죽이기 전에 그거 하나는 알려 드릴게. 너, 사람 잘못 건드렸어. 킥킥."

치호는 피츠가 자신에게 했던 말을 그대로 돌려주었다. 피츠의 손에 들린 도끼는 덜덜 떨리기 시작했다.

이런 상황은 생각해 본 적이 없다. 이런 괴물 같은 놈이 어디서 나왔단 말인가.

자신이 불 피우는 사이에 같이 온 녀석들이 모조리 몰살당했다. 그것도 어둠 속에서.

"자… 잠깐만!"

뭔가 말하려고 했지만 치호는 어느새 피츠의 품에 파고들어 가죽 갑옷 사이로 훤히 들어난 울대를 깔끔하게 쳐냈다.

기세에서 이미 밀려 버려 몸이 굳어 있던 피츠는 반항 한번 해 보지도 못하고 치호에게 목을 내주어야 했다.

피츠의 우람한 체격과 처음 나올 때의 기세와는 달리 그의 목은 낡은 단도 앞에서 한없이 여리고 연약했다.

"새끼, 싸우러 온 놈이 무슨 말이 그렇게 많아."

치호가 단검에 묻은 피를 툭툭 털어내면서 무심히 말했다.
그와 동시에 치호의 눈앞에 메시지가 떠올랐다.

[경험치 500을 획득하였습니다.]

[레벨 업!]

[매직 급 장비를 획득하였습니다.]

"확실히 인간 사냥이 훨씬 쏠쏠하구만."

미소의 말이 맞다. 같은 테스터를 죽였을 때도 경험치가 들
어왔다.

그것도 괴물을 죽였을 때보다 훨씬 많이 들어왔다. 지금껏
카미유나 까피를 잡았을 때 초반에는 경험치 20 언저리에서
왔다 갔다 했고 점점 레벨이 오를수록 경험치가 극악해졌다.

그런데 테스터들은 달랐다. 상대 레벨에 따라 그 수치가 변
하기는 하겠으나 마지막 피츠란 녀석은 500이나 줬다.

괴물 수십 마리를 잡아야 얻을 수 있는 경험치를 단 한 번
의 살인으로 얻을 수 있다니. 게다가 이번 전투로 레벨도 올
랐고 매직 아이템까지 얻었다.

'이참에 인간 사냥꾼 시절로 돌아가 볼까……. 아서라, 아

서. 뒷감당을 어떻게 하려고. 쯧'

치호는 한때 인간 사냥꾼이라 불리던 시절이 생각났다. 물론 유쾌했던 기억은 아니다. 한창 부족 간의 싸움이 빈번해지던 시절에 자신에게 덤비는 놈들이 점점 많아져 골치를 앓다가 그 분노를 한 번에 터뜨린 것이 문제가 되었다.

물론 부족 전쟁에서는 승리했지만 자신에게 칼을 겨눈 자들을 남겨둘 수 없어 그 부족의 흔적을 남김없이 지우고 그것도 모자라 도망친 이들까지 추적하여 씨를 몰살시켰다.

그 후 치호 앞에 누구도 나서지 않고 누구도 다가오지 않았다. 앞에서는 위대한 전사, 철혈의 수호자니 뭐니 했지만 뒤에서는 인간 사냥꾼 혹은 영혼 약탈자 등으로 불렸다.

그렇게 불리기만 했으면 다행이지만 한 번 잘못 꿰어진 단추는 끊임없는 전투를 불러왔다.

원한과 증오의 연쇄로 인한 끝없는 전투를.

'잡스런 놈들 때문에 안 좋은 기억이 떠올랐군, 제길.'

치호는 이 상황이 별로 마음에 들지 않았다. 아무리 경험치를 쉽게 얻는다지만 기본 적으로 동족 살해는 언제나 반갑지 않다.

인간이 자연에 억압받고, 다른 포식자에 의해 생존을 위협당하는 세상에서부터 살아와서인지 동족을 아꼈다.

그때는 요즘과 달리 한 사람, 한 사람이 귀했다. 옛날에는 자연이 인간에게 친절하지 않았으니까.

'차라리 괴물 수십 마리를 잡고 말지. 하여튼 어린 놈들이 더 잔인하다니까.'

물론 자신에게 칼을 들이댄 자는 동족이라도 자비 없이 대해야겠지만 말이다.

치호는 얼른 장비를 확인해 보고 싶었다. 지난번 얻은 매직 급 부츠만 해도 민첩 스텟을 올려 주었으니, 이번에는 어떤 물품일지 기대가 되었다.

제4장
거점 발보아

치호가 인벤토리를 열어보려 할 때 미소가 곁으로 슬쩍 다가와 말했다.

　"저… 아저씨, 어떻게 된 거예요?"

　미소의 말투가 한결 조심스러워졌다. 미소는 피츠가 단칼에 죽는 모습을 봤지만 아직도 믿어지지가 않았다.

　피츠 또한 한계 레벨에 도달해서 다음 장소로 넘어가길 기다리는 테스터인데, 죽어도 너무 쉽게 죽었다.

　그 피츠를 죽인 장본인이니 쉽게 대할 수가 없었다.

　"뭐가?"

"피츠 놈들이요. 어떻게 하신 거예요? 전 보지도 못했는데… 혹시 스킬 같은 거 가지고 있으세요, 아니아니, 이번에 새로 테스트를 받으신 거 맞긴 맞아요?"

미소는 치호를 향해 질문이 쏟아냈다.

'이거 역할이 바뀌었군.'

처음엔 자신이 미소에게 질문을 했지만 이제 미소가 자신에게 질문을 하고 있었다.

"별거 없어. 저 녀석들 실력이 어느 정도인지 네가 말해줬잖아."

"제가요? 그게 무슨 소리에요?"

미소는 모르겠지만 그녀의 한 마디가 치호에게 큰 도움이 되었다.

전투 직전 상대를 제압 혹은 격살하기 위해서는 상대방의 능력을 파악해야 할 필요가 있지만 단서가 부족했다.

그런 상황에서 섣불리 움직였다가는 역으로 당하는 수가 있다. 하지만 미소가 좋은 단서를 주었다.

사람들을 죽이면 경험치를 얻는다는 것.

바로 이 단서가 치호를 망설임 없이 움직일 수 있었던 이유다.

경험치가 필요하다는 의미는 상대가 아직 한계 레벨에 도달하지 못했다는 것, 게다가 무장을 하고 20명이나 몰려왔다는 것은 그만큼 실력에 자신이 없다는 의미였다.

만약 치호 자신이 경험치가 필요했더라면 혼자 왔을 것이다. 경험치를 나눌 필요 없이 독식할 수 있는 데다 지치고 무장이 완벽하지 않은 상대라면 혼자서도 충분하다.

전투가 아닌 사냥을 하면 된다. 조금씩, 조금씩 피를 말려가면서. 하지만 이들은 그러지 않았다. 굳이 전투를 택했다.

거기에 그들이 한 실수는 더 있었다. 밤에 기습을 할 생각이었더라면 무기에 숯을 바르든지 해서 광택을 없애고 왔어야 했다.

무기의 번쩍거리는 광택은 미약한 빛만 있어도 어둠 속에서 눈에 띄게 마련이다.

그런 상태로 어둠 속의 적을 맞이한다?

죽고 싶다는 의미다.

"에… 됐다. 한두 가지여야 말을 해 주든 말든 하지."

"네?"

"그런데 피츠라는 녀석 말이야. 생긴 건 안 그렇게 생겨서 엄청 쫄보잖아. 저거."

"피츠가요?"

"그래, 너도 생각해 봐. 그 녀석 행동을 보면 경험치가 필요하지 않은 한계 레벨에 도달한 것처럼 보였는데, 그런 녀석이 초보 테스터를 상대로 스무 명이나 끌고 와? 아무리 조심하는 거라도 정도가 있지 말이야."

"그… 그런가요?"

"그래, 그리고 너 말이야. 너도 명색이 레벨 10 아니야? 근데 뭘 그렇게 쫄고 있어. 너, 인간을 괴물들하고 동일 선상에 놓고 생각을 하고 있나 본데……."

"그게 무슨 뜻이에요?"

"이런 것까지 말해줘야 하나… 에휴, 인간은 말이야. 짐승이나 여기서 자주 보는 괴물들과 달리 의외로 나약한 존재란 거지."

"네?"

"그러니까, 인간은 치명적인 급소 몇 방 찌르면 그대로 무력화되기가 쉽지. 게다가 아까처럼 갑작스레 시각을 빼앗겨 당황스러운 상황이라면? 땅 짚고 헤엄치기나 다름없어."

"그럼 괴물들은 뭐가 다른가요? 괴물들도 마찬가지 아니에요?"

"아니지. 이놈들은 내가 지켜보니까, 지구에서의 맹수들처럼 야성이 살아 있더라고. 시각뿐만 아니라 후각, 청각 등 쓸 수 있는 건 모조리 쓰는 것 같더라. 이 녀석들은 불빛이 없어졌다 하더라도 방금처럼 쉽게 당황해서 전멸하거나 하진 않 았을 거다, 아마."

치호는 야성에 대해 설명을 하다가 문득 인간 중 야성에 눈 뜬 녀석들을 조심하라고 말을 할까 하다가 그만두었다. 굳 이 미소를 복잡하게 만들 필요는 없을 것 같았다.

"그… 그래도!"

"그래도는 무슨. 게다가 아까 피츠 녀석을 쫄보라고 했던 이유가 또 하나 있지. 자기가 데려온 일행을 죽인 후 일부러 몸에 피 좀 묻히고 다가갔더니 당황해서 제대로 움직이지도 못 하더만. 레벨 10인 것처럼 보여서 살짝 기대했다만… 실망 이야, 이거."

미소는 가만히 듣고 있다가 조심스레 치호에게 말했다.

"저… 그건 아저씨나 가능한 거 아니에요?"

"이게 뭐라고 나만 가능해? 너도 조금만 연습하면 할 수 있 을 걸? 허투루 레벨을 올린 게 아니라면 말이야. 그리고 넌 왜 자꾸 나한테 아저씨라고 부르냐."

"그럼 아저씨를 아저씨라고 부르지 뭐라고 불러요."

"내가 몇 살인줄이나 알고?"

"그런 건 아니지만… 그럼 몇 살인데요. 알려주면 생각해보 고 오빠라고 불러 드릴게요."

"…나이가……. 끄응."

"그냥 아저씨하세요. 오빠는 무슨. 그리고… 고마워요. 덕분에 살았어요, 헤헤."

미소는 치호를 보며 아직 풀리지 않은 의문이 많았지만 적당히 이해하고 넘기기로 했다.

본인이 가능하다는데 뭐라고 할 수도 없는 데다 그저 저런 사람이 적이 아닌 게 다행이라고 생각했다.

게다가 자신의 목숨을 살려준 것이나 다름없는 상대에게 추궁하듯 묻는 것도 이상했다.

지금은 그저 오빠 타령이나 하는 엄청 센 아저씨면 충분하다.

둘이 대화를 하는 사이 기회를 보고 도망치려고 했던 사람들이 몰려와 어서 떠나자고 재촉했다. 미소가 더 이상의 습격자는 없을 것이라고 진정을 시키려 했지만 통하지 않았다.

어쩔 수 없이 미소도 길을 잡았다. 어차피 곧 해가 떠오를 테니 좀 일찍 움직인다고 생각하기로 했다.

미소는 떠나기 전 피츠의 시체를 한 번 쳐다보았다. 괴물들처럼 시체가 재가 되어 흩날리고 있었다.

미소는 말없이 흩날리는 재를 보다가 한숨을 내쉰 후 사람들을 향해 말했다.

"자자, 오늘 안에는 도착할 거예요. 얼마 안 남았으니까 힘

내요."

미소가 축 처진 어깨로 따라오는 이들을 다독였다. 하지만 쉽게 기운이 나지 않는 것 같았다.

처음엔 백여 명이었는데 이제는 스무 명 남짓하다. 벌써 수십 명의 죽음을 자신의 눈앞에서 봤으니 적응이 잘 될 리가 없다.

그것을 아는지 모르는지 미소는 얼른 걸음을 재촉했다.

'인간도 괴물과 다를 것 없다는 건가……'

치호는 미소를 따라 걸으며 시체들이 재가 되는 모습을 보았다.

흩날리는 모습이 마치 괴물들의 그것이 사라지는 모습을 보는 것 같아 복잡한 기분이 들었다.

하지만 어쩔 수 없는 일이다. 이들은 자신을 향해 날카로운 이를 드러낸 이들이니까.

'괜히 기분이 처지는군. 쯧.'

"인벤토리."

이럴 땐 다른 곳에 신경을 쓰는 것이 좋을 것 같아 아까 확인하지 못했던 아이템을 살피기로 했다.

〈망나니 도끼 — 매직〉

— 공격력: 155

— 도끼를 사용하고 싶었으나 근력이 부족해 사용하질 못했던 이들을 위해 제작된 특수 도끼. 사용자의 숙련도에 따라 다양한 활용이 가능하다.

— 특수 효과: 근력 +18, 세 번째 충격 시 추가 대미지 100%

— 내구도: 36/36

'도끼라… 피츠가 쓰던 건가. 쓸 만하군. 공격력은 단검에 비해 말할 것도 없고… 세 번째 충격 시 추가 대미지 100%? 힘이 두 배로 늘어난다는 소린가?'

치호는 이런 무기를 가지고도 실력 발휘 한 번 하지 못한 피츠가 한심하게 느껴졌다.

새롭게 얻은 무기의 아리송한 기능에 대해서 의문이 들었지만 직접 써보면서 파악할 생각이었다. 이런 걸 미소에게 물어볼 수 없다.

현재는 아군이지만 언제 돌변할지 모르니까. 아니 돌변하지 않더라도 자신이 가진 정보는 최대한 숨기는 것이 좋다. 전투 시 자신이 가진 정보를 상대가 알고 있으면 그것만큼 곤란한 것도 없을 테니까.

치호는 새롭게 얻은 도끼를 꺼내 슬슬 휘두르기도 하고 빙글빙글 돌려보기도 하면서 미소를 따라갔다. 오랜만에 잡아

보는 도끼에 익숙해지려면 쉬고 있을 시간이 없다.

$$* \qquad * \qquad *$$

치호가 한참 도끼를 가지고 연습하고 있을 때 미소가 일행을 멈춰 세웠다.

"자! 도착했어요! 여기가 바로 거점 발보아예요."

사람들은 땅만 보고 걷던 고개를 얼른 들어 거점을 찾았다. 하지만 보이는 건 여전히 벌판뿐.

일행 중 한 사람이 미소에게 말했다.

"아직 벌판인데 거점은 무슨 거점이란 말이오?"

"잘 지켜보세요. 놀라지나 마시구요."

미소는 자신의 소매를 걷어붙였다. 팔목 안쪽에 기묘한 문양이 문신처럼 새겨져 있었다.

팔을 허공을 향해 들어 올리니 잠시 빛 무리가 미소의 팔목을 감싸는 듯 했다.

미소의 팔목에 뭉쳤던 빛 무리가 사라지고 일행들의 눈앞에는 공허하게 펼쳐진 지평선이 아닌 다른 뭔가가 나타났다.

[인솔자 최미소 외 21인, 거점 발보아 출입 승인합니다.]

'신전?'

치호의 눈앞에 새로운 광경이 눈에 들어왔다. 방금 전만 해도 보이지 않았던 광경.

치호의 눈앞에 거대한 신전처럼 보이는 건축물을 중심으로 거미줄처럼 퍼져 있는 낡은 판자촌이 보였다.

사람들은 놀란 눈으로 미소에게 물었다.

"이… 이게 어떻게 된 일이오?"

"놀라셨죠? 여기가 바로 거점 발보아예요. 승인되지 않은 사람은 들어올 수 없는 구조지요. 그래서 인솔자가 필요한 거구요. 이렇게 거점을 숨겨두지 않으면 필드에 있는 괴물들하고 쉬지도 못하고 계속 싸워야 했을 거예요."

"아… 아니, 이게 가능하긴 한 것입니까? 마을을 통째로 숨기다니. 이건 대체……."

"저도 원리는 잘 몰라요. 하지만 여러분들도 어서 이런 일에 익숙해지셔야 할 거예요. 이곳은 상식이 통하지 않는 세상이니까요."

치호는 미소와 사람들이 하는 소리를 가만히 들었다.

'제길. 이딴 식으로 숨겨두었으니 그렇게 돌아다녀도 찾지를 못했지. 이거 영영 표류할 뻔했잖아.'

이곳으로 향하는 일행을 만나지 못했다면 기약 없이 벌판을 돌아다닐 뻔했다.

언젠가는 또 다른 무리를 만났을지 모르지만 그 사이 키테그람의 새끼 사체가 다 떨어졌을지도 모르는 일이고, 이래저래 위험한 상황이었다.

"이제부턴 여러분들도 자유롭게 움직이셔도 돼요. 제 역할은 여기까지네요. 이곳은 안전지대니까 안심하시고 여기 나 있는 중앙 가도를 쭉 따라가시면 안내 데스크가 나와요. 그곳에서 쉴 곳에 대한 배정이나 궁금한 걸 물어보시면 돼요. 늦게 가시면 쉴 곳이 배정되지 않을 수도 있으니 얼른 가시는 게 좋을 걸요?"

쉴 곳이 배정되지 않을지도 모른다는 미소의 마지막 말에 사람들은 서둘러 움직였다.

더러는 미소에게 고맙다고 하는 이들도 있었지만 대다수는 자신이 늦게 도착해서 불이익을 얻지 않을까 하는 마음에 작별 인사도 하지 않고 얼른 떠나 버렸다.

"아저씨는 왜 안 가요?"

미소가 아직도 미소 곁에 남아 있는 치호를 향해 물었다.

"사람이 저렇게 많이 죽었는데 쉴 곳이 안 남아 있을 리가 없잖아. 게다가 지금 안내 데스크인지 뭔지 하는 곳에 가봐야 사람이 많아서 제대로 뭘 물어볼 수도 없을 것 같고. 상점이 어디지? 일단 거기부터 가봐야겠군."

"하여간 눈치는 빠르시네요. 이렇게 말해두지 않으면 계속

저한테 들러붙었을 걸요? 너무 서운해하지 마세요. 대신 상점
까지는 안내해 드릴게요."

미소는 자신이 한 거짓말이 들통 나 미안한 건지 상점까지
안내해 주겠다고 했다.

상점까지 가는 길에 미소는 치호에게 조심스럽게 물었다.

"저… 이런 말하면 실례되지만요. 혹시 레벨이 어떻게 돼
요? 피츠랑 싸울 때 엄청 나시던데……."

"아직 한계 레벨은 아니야. 거의 근접했지만."

"아, 역시. 처음 봤을 때부터 아이템을 착용하고 있어서 묘
하다고 생각했는데 제 예상이 맞았네요. 그런데 이번에 합류
한 사람들하고 같이 테스트 받으신 건 맞아요? 레벨이 너무
차이가 나는데……."

치호는 지금까지의 일을 적당히 꾸며내어 이야기해 주었다.
히든 퀘스트 이야기는 적당히 빼고 클레이와 있었던 일 위주
로 이야기했다.

"그때 클레이가 죽이려고 해서 간신히 도망쳤지. 그때 생각
하면 아직도 아찔하군."

"클레이! 하여간 내가 그럴 줄 알았다니까요. 스킬 얻었다
고 그렇게 으스대고 깔보더니 하여간 상종하지 못할 사람이
에요."

"클레이를 아나? 그 녀석 지금 어디 있지?"

"에… 아저씨 마음은 알겠는데요. 한발 늦으셨어요. 이미 지난번 열린 통로를 통해서 여기를 벗어나 버렸는걸요."

치호는 미소가 클레이에 대해서 아는 것 같아 물었는데 이미 이곳을 빠져나가 다음 필드로 넘어갔단다.

아쉽지만 떠난 지 얼마 된 것 같지 않으니 빨리 레벨 10을 달성하고 여신 퀘스트인지 뭔지를 수행해서 보상을 챙긴 후 클레이를 쫓으면 될 것 같았다.

"그럼 아저씨는 아직 레벨 올려야 하는 거 맞죠? 실력도 충분하신 것 같고… 내일 저희 일행하고 같이 사냥 안 하실래요?"

"너 퀘스트도 완료하지 않았나? 굳이 위험하게 사냥을 해야 할 필요가 있어?"

"아. 클레이 만나셨다면 아시겠지만 스킬 때문에 그래요. 스킬은 한계 레벨에 도달한 후 수행한 사냥에서 무작위로 괴물들에게 얻을 수 있거든요. 저도 통로가 열리기 전까지 시간이 좀 남아서 열심히 잡을 생각이에요. 떠나기 전에 좋은 스킬 하나 얻으면 좋겠네요. 에휴."

"그런데 아까부터 통로가 열린다고 하는데 통로란 게 아무 때나 갈 수 있는 게 아니야?"

"아, 아직 모르시겠구나. 다음 필드로 넘어가는 통로는 1주일에 한 번만 열려요. 그래서 저도 시간이 남아서 사냥을 더

할 수 있는 거예요."

치호는 미소가 하는 제안이 썩 나쁘지 않을 것 같았다. 어서 빨리 레벨 업을 해서 클레이를 쫓아야 하는 판국에 미소의 일행이라면 좀 더 좋은 사냥터를 알지도 몰랐다.

"그럼 나도 함께 하도록 하지."

"잘 생각하셨어요. 저기 보이는 저 건물이 상점이에요. 그럼 내일 정오에 안내 데스크에 앞에서 만나는 걸로 해요. 여럿이서 사냥하면 더 빨리 레벨을 올릴 수 있을 거예요. 준비 잘 하시고 내일 봬요! 전 그럼."

미소는 상점이 보이기 무섭게 어디론가 달려갔다. 신전처럼 보이는 곳으로 향하는 걸 보니 퀘스트에 완료에 관련된 것 같았다.

치호는 잠시 미소가 사라진 방향을 보다가 다시 상점으로 향했다.

상점에서 취급하는 품목이 궁금하기도 했고, 내일 있을 사냥에서 쓸 물품도 구해야 할 것 같았다.

"여기 아무도 없습니까?"

낡은 판자 집에 아무도 없는 것 같아 크게 외쳤지만 반응이 없었다.

내부를 슬쩍 둘러봤을 때 청소도 하지 않는지 먼지 뭉치가 여기저기 굴러다니고 있었다.

다만 수정구처럼 생긴 주먹만 한 구슬 하나가 구석에 있는 테이블 위에 놓여 있을 뿐 상품도 진열되어 있지 않았다. 상점이 맞다면 장사의 기본도 안 된 상점이다.

'이거 상점이 맞긴 한 거야? 영락없이 폐가인데 이거……'

치호가 잘못 들어왔나 싶어 다시 나가려고 할 때 지하에서 누군가가 쩔뚝거리면서 올라왔다.

"거 혼자서 대충 할 것이지, 뭣하러 불러?"

남자는 대충 길어 묶은 머리를 북북 긁으면서 치호에게 대꾸했다.

"사람이 있었군. 여기 처음 왔는데 상점이 맞긴 합니까?"

"아. 뉴비였어? 하긴 귀찮게 구는 놈은 뉴비밖에 없긴 하지."

치호는 뉴비, 뉴비거리며 건방지게 말을 하는 저 상점주의 태도가 마음에 들지 않았지만 적당히 웃어 넘겼다.

경험치 조금 얻자고 칼 들고 달려드는 이 세계의 분위기로 봤을 때 상점주의 누런 이빨을 몽창 털어내도 될 것 같았지만 아직 치아가 건실한 걸 보면 뭔가 이유가 있을 것 같았다. 하지만 존댓말까지 써주면서 대접해 줄 필요는 없을 것 같았다.

"대충 설명 좀 해주지? 상점에 상품이 왜 없어?"

"이래서 뉴비는… 저기 수정구 보이지? 저기에 손을 얹고 상점 개방이라고 말해. 그러면 네 녀석 눈앞에 상품 목록이 떠오를 거다. 거기서 적당히 필요한 걸 구매하면 돼."

"별게 다 있군. 상점 개방."

치호는 상점주와 길게 대화하기 싫어 얼른 수정구에 손을 올리고 상점 개방이라고 외치자 눈앞에 상품 목록이 떠올랐다.

[무기] [방어구] [보조도구] [식량] [생필품]……

상품은 항목별로 분류되어 게임 같은 인터페이스를 차용하고 있었다. 치호는 얼른 방어구 쪽을 살폈다.

지금 착용하고 있는 장비가 부실한 것 같아 눈이 쏠렸다. 방어구 쪽을 살펴보자 투구부터 시작해서 어깨 보호대, 각반, 손목 보호대 등 없는 것이 없었다.

"휴, 대단하군."

"크크크, 놀라기는. 거기서 원하는 물품을 하나씩 찾다가는 며칠은 훌쩍 넘어가기가 다반사지. 검색이라고 외치고 원하는 물품을 말하면 적당히 비슷한 게 나오니까 그렇게 찾으라고."

"호오. 그런 기능도 있나? 은근히 편리한데 이거? 검색. 가죽 갑옷."

치호는 얼른 갑옷부터 찾아보기로 했다. 일전에 얻은 가죽 갑옷은 〈낡아빠진 가죽 갑옷〉이라는 이름답게 벌써 내구도가 달아 2밖에 남지 않은 상황이라 불안했다.

수많은 가죽 갑옷이 나왔지만 전부 노말 등급. 방어력은 가죽 갑옷의 한계를 보여주는 듯 그렇게 크지 않았고 물품 간 격차도 대동소이했다.

관심을 끄는 물건이 없어 목록을 쭉쭉 내리다 나타난 물품에 치호의 눈이 번쩍 뜨였다.

"매직 등급?"

제5장
동행

매직 등급이 분명하다. 그런데 특이한 항목이 붙어 있어 얼른 상점주에게 물었다.

"여기 매직 등급도 파나?".

"뉴비가 매직 등급을 노리기엔 아직 이른 거 아니야? 크크크. 탐나긴 하겠지만 돈이나 있고?"

"그런 건 내가 알아서 할 테니까 신경 끄시고 묻는 거나 대답해 주지? 게다가 레벨 제한이라는 항목은 뭐야? 이런 거 본적이 없는데."

"아아. 어디서 매직 등급 아이템 하나 획득한 모양이군. 그

걸 묻는 걸 보니 말이야."

"대답이나 해줘."

"급하기는. 좋아, 알려주지. 필드에서 얻는 물품에는 레벨 제한 따위가 붙어 있지 않지. 자기가 개고생해서 얻었는데 못 쓰면 말이 안 되잖아. 하지만 상점에서 구매하는 물품에는 모두 레벨 제한이 붙지. 뭐 상대적으로 쉽게 아이템을 얻어서 아이템 빨로 어찌어찌 해보려는 놈들 방지 차원이랄까?"

상점주의 말을 듣고 매직 아이템을 파는 의미에 대해서, 레벨 제한이 걸려 있다는 부분과 몇 개 안 되는 매직 아이템의 숫자에 대해서 가만히 생각했다.

치호는 생각을 하면서 떠오르는 질문을 계속해서 상점주에게 물어봤다.

"그럼 레벨이 되지 못하면 사지도 못해?"

"못살 건 없지. 장사꾼이 돈 가진 놈한테 물건 안 파는 거 봤나? 이 상점 수정이 생긴 건 이래도 에누리도 없는 단호한 장사꾼이라니까. 크크크."

"레벨 제한은 어쩌고."

"아, 그거? 레벨 제한이 있는 물품이라도 살 수는 있지. 휘두를 수도 있고. 근데 매직 아이템을 사는 이유가 뭐야. 특수 효과 때문 아니야? 레벨이 안 되면 특수 효과가 발동이 안 돼."

"흐음… 그렇군."

"너무 조급해하지 말라고, 가격 때문에 테스터들이 필드를 벗어나기 전에 하나나 두 개? 살까 말까하는 물품들이니까. 어차피 이곳 필드를 벗어나면 다음 필드에 또 상점이 있을 텐데 여기서 전부 구매하는 것도 이상하지. 다음 필드에 뭐가 있을 줄 알고."

그럴 수 있다. 매직 아이템 가격이 2~3골드 사이에 형성되어 있는데 현재 치호가 가지고 있는 돈은 4골드 남짓이다.

그나마 키테그람의 새끼가 1골드 넘게 주고 벌판에서 방황한 덕에 소모품 사용이 없어 이정도 모은 것이지 일반 테스터였다면 추측컨대 많이 모아도 2골드 정도이고, 레벨을 올리는 동안 사용되는 소모품까지 계산하면 2골드를 모으는 것도 빡빡하다.

하지만 치호는 속으로 상점주의 말을 곱씹으며 생각했다.

'아주 깜찍한 짓거리를 하는데? 물품 하나 잘못 구매했다가는 아주 황천행 급행열차 티켓 예약이구만 이거. 킥킥.'

매직 아이템의 판매 의미에 대해 생각하다가 결론을 내렸다. 상점을 통해 개수작을 부리고 있다.

치호가 이런 결론을 내린 이유는 몇 가지가 있다. 일단 아이템을 누구나 상점에서 구입할 수 있다는 것. 그리고 가격이 매우 비싸서 쉽사리 구매할 수 없다는 것이다.

가격이 비싸지만 노력하면 얻을 수 있는 달콤한 보상처럼 보일지 몰라도 이건 독이든 사과다.

교묘하게 진실을 가리고 있는 기만의 아이템이다. 언뜻 보기에는 괴물들에게 고통받는 테스터들을 위해 좀 더 쉽게 사냥을 할 수 있도록 도와주는 고마운 상점처럼 보이지만 문제는 아이템의 레벨 제한과 그 기능이 공개되어 있다는 점이다.

'괴물 사냥만 하면 문제없겠지만… 그렇지 않잖아?'

모두가 사이좋게 힘을 합쳐 괴물만 사냥을 하고 인간의 안전을 도모하는 그런 활기차고 아름다운 사회였으면 좋으련만 치호는 그렇지 않다는 걸 안다.

얼마 전 전투를 통해서 이미 깨달은 바가 있다.

즉, 자신의 목을 따러 온 습격자한테 이 매직 아이템을 보이는 순간 '나 어떤 스텟이 강화됐고 특수 효과도 있으니까 조심하세요' 혹은 '레벨이 아직 안 돼서 이정도 장비밖에 못 쓰네요' 하고 자신의 레벨까지 친절하게 공개하는 것과 다름없다.

'게다가 돈 모으기도 힘든데 자기보다 약해 보이는 녀석이 매직 아이템을 들고 눈앞에서 살랑거리면? 로또지, 로또. 재수 좋으면 매직 아이템을 공짜로 먹는 기회니까, 킥킥. 이거

완전 제 목에 현상금 붙이는 꼴이군.'

이런 머저리 같은 아이템을 사는 바보가 될 수 없다. 낭비할 돈도 없고.

그래도 인간 낚시용으로 매직 아이템을 구매할까 생각하다가 그만두었다.

아직은 그렇게까지 할 만큼 돈이 궁한 것도 아니니 정 필요하면 상점주의 말대로 다음 필드에 가서 구매해도 늦지 않을 것 같았다.

〈가벼운 사슬 갑옷 - 노말〉

- 방어도: 48

- 사슬로 짜여진 갑옷이나 가죽과 함께 혼용 제작되어 기동성을 고려한 사슬 갑옷으로 매우 가볍다.

- 내구도: 32/32

〈사슬 다리 보호대 - 노말〉

- 방어도: 42

- 하반신을 보호하기 위해 제작되어 최대한 움직임에 방해되지 않도록 만들어진 다리 보호대.

- 내구도: 30/30

어찌되었건 방어구는 필요하기에 가장 눈에 안 띄는 무난한 디자인으로 상체와 하체만 구매했다.

기본적으로 갑옷은 내구도가 다해 필요했고 바지는 천 소재의 바지라 하체를 보호할 장비가 필요할 것 같아 함께 구매했다.

지금까지 만난 괴물들 치고 이빨이 날카롭지 않은 녀석들이 없었기 때문에 최소한의 방어는 해야 할 것 같았다.

'게임 같은 시스템이면… 포션이 꽃 아니야? 비슷한 그런 거 없나?'

"검색, 포션."

치호는 자신이 이 물건을 쓸 일이 그다지 없을 것 같았지만, 그래도 혹시 모를 적들을 대비해 존재의 유무는 파악하는 게 좋을 것 같았다.

가격이 싸면 몇 병 사두는 것도 나쁘지 않을 것 같아 검색해 보았는데 물품이 검색되었다.

아까처럼 종류가 여러 가지가 나왔다. 하나하나 살펴보니 종류도 기능도 다양했다. 회복 종류의 포션부터 해독 포션까지.

'휘유. 가격이 이거 엄청나군.'

하지만 포션의 가격은 쉽게 구매할 수 있는 가격이 아니었다. 병당 3골드.

그게 포션의 가격이었다. 게다가 설명을 보면 잘린 팔이 재생되거나 하는 정도의 효과는 아니고 빠르게 회복이 되거나 해독을 시켜주는 등의 포션 효과가 전부였고 재사용 대기시간까지 존재했다.

'거의 매직 아이템급 가격인데… 하긴 저딴 매직 아이템보다야 자기 목숨이 더 중요하겠지.'

만약 치호가 불사의 몸이 아니었다면 구매를 심각하게 고려했을지도 모른다.

매직 아이템보다는 위기의 순간에 목숨을 구할 수 있는 아이템이 어쩌면 더 필요할 테니까.

치호는 구매를 대충 마치고 상점을 나오면서 하늘을 올려다봤다. 너무 어두워졌다. 식료품까지 구매하고나니 생각보다 시간이 오래 걸렸다.

'제길. 이거 문 닫은 거 아니야?'

얼른 안내 데스크를 향해 뛰었다. 만약 안내 데스크가 문을 닫아 쉴 곳을 배정받지 못하면 오늘도 노숙 확정이다.

간만에 지붕 있는 곳에서 쉴 기회를 날리기 싫어 단숨에 안내 데스크까지 뛰어갔다.

저 멀리 안내 데스크가 보였지만 불이 꺼져 있고 같이 왔던 일행들이 보이지 않은 걸 보니 문을 닫은 것 같았다.

'제길. 한발 늦었군.'

오늘도 노숙 확정이다. 이런 안전지대까지 와서 노숙이라니. 처음 보는 신기한 상점 때문에 시간가는 줄 몰랐다.

치호는 주위를 둘러봤지만 돌아다니는 사람도 없고 빈집을 찾기도 귀찮아 그냥 근처 적당한 곳을 찾아 자리를 잡고 누웠다.

어차피 내일 여기서 미소를 만나기로 했으니 눈만 붙이고 일어나 바로 출발하면 될 것 같았다.

'휴우. 하루가 너무… 길었다.'

정말 오늘 하루는 너무 길었다. 하루는 짧은 게 좋다. 하루가 길어지면 길어질수록 지겨우니까 말이다.

앞으로는 좀 더 짧은 하루가 지속되었으면 좋겠다. 치호는 쓸데없는 생각을 하며 조용히 잠을 청했다.

*　　　　　*　　　　　*

"아저씨! 아저씨, 일어나요."

"알아. 눈만 감고 있었어."

미소는 언제 왔는지 곁에 다가와 앉아 치호를 깨웠다.

"알긴 뭘 알아요. 근데 왜 여기서 이러고 있어요? 어제 쉼터 제공 못 받았어요?"

"상점에서 좀 늦게 나와서. 안내 데스크가 문이 닫혔더라고."

"하여간 눈치만 빨랐지 실속이 없네요. 이리 와요. 일행들 오기 전에 쉼터부터 배정받아요."

"갔다 와서 하면 돼. 급한 것도 아니고."

"에휴. 쉼터를 배정받지 않으면 혼자서는 다시 마을로 돌아올 수 없으니까 잔소리 말고 따라와요. 사냥 나가면 별의별 일이 다 있으니까 받아두는 게 좋아요. 하여튼 얼른 와요. 일행들이 오겠어요."

미소는 치호에게 조금 더 편하게 대하는 눈치다. 밤새 치호가 나쁜 사람이 아니라고 판단한 모양이었다.

'여긴 뭐 쓸데없이 복잡해.'

치호는 툴툴거리면서도 미소의 말을 듣고 얼른 따라갔다. 하마터면 재수 없게 또 벌판 위에 미아가 될 뻔했다.

미소를 따라 안내 데스크 안에 들어가 쉼터를 제공받았는데, 뭔가 복잡한 절차가 있을 줄 알았더니 그런 건 아니었다.

그저 미소의 팔목 안쪽에 있는 것과 같은 문양의 그림을 치호의 팔목 안쪽에 붙였다.

문신은 아니고 마치 헤나 같이 그림을 붙이는 방법이었다. 지워질 수 있으니 주기적으로 찾아와 다시 붙이는 수고로움만 감수한다면 편리하게 느껴졌다.

안내 데스크에서 등록을 마치고 나오니 한 무리가 눈에 들어왔다.

옷차림이나 장비의 상태를 봤을 때 낮은 레벨은 아닌 것 같았다.

치호가 그들을 파악하고 있을 때 미소는 그들을 향해 아는 척을 했다.

"어? 언제 오셨어요? 헤헤. 이쪽이 제가 어제 말한 아저씨예요. 실력은 걱정 마세요. 제가 확인했어요."

미소가 말을 건 남자가 치호를 보고 잠시 놀라는 듯했지만 이내 웃으며 악수를 청했다.

"하하하. 미소가 자네 칭찬을 많이 하더군. 난 쥬드라네. 반갑군."

치호는 자신을 쥬드라고 소개한 남자를 자세히 살폈다. 제일 먼저 인사를 건네는 걸로 봐서 이 그룹의 리더 격인 것 같았다.

'실력은 좀 있어 보이는데? 쓸 만해 보이네.'

쥬드가 장비하고 있는 것들은 치호가 보기에도 쓸 만해 보이는 장비들이 많았다.

게다가 빨리 꺼내 쓸 수 있도록 움직임의 동선을 고려한 무기나 보조 도구의 위치 선정을 보면 베테랑 냄새가 풍기는 녀석이었다.

"치흡니다, 황치호."

"그렇군. 준비는 다하고 온 거지? 그럼 출발하지. 여기서 뭉그적거려봐야 시간만 아깝지. 일단 필드에 도착해서 대충 합을 맞춰 보자고."

'근데 언제 봤다고 반말이야?'

치호는 자연스럽게 하대하는 쥬드가 거슬렸다. 자신의 외견이 그렇게 어려 보이지도 않는 얼굴인데 반말이라니.

하지만 미소의 일행이기도하고 자신과 같이 사냥을 갈 참인데 괜히 뾰족하게 대할 수 없어 미소에게 슬쩍 물었다.

"미소, 쥬드는 왜 보자마자 반말이야?"

"쿡쿡. 에휴, 민감하시기는. 쥬드 아저씨가 한국 사람은 아니잖아요. 외국말 같은 경우에는 그냥 반말로 번역되어 들리나봐요."

"아. 그래? 그럼 나도 괜히 높여 말할 필요 없겠군."

"네, 그냥 편한대로 말하시면 돼요."

미소가 민감하다고 했지만 사실 그런 건 아니다. 아주아주 오랜 시간을 지내다 보면 이미 그런 건 초탈하니까.

다만 처음부터 저렇게 상대를 낮잡아보거나 깔보는 이와 함께 했을 때 좋은 결과를 얻은 적이 몇 번 없었기에 물어본 것뿐이었다.

깊은 뜻을 아는지 모르는지 미소는 한동안 아저씨라고 부른 게 탁월한 선택이었다는 둥 소심하게 그런 걸로 마음 상했냐는 둥의 대화로 치호와 잠시 투닥거렸지만, 그러면서도 일행들의 주 무기와 전술에 관해 꼼꼼히 설명을 해주었다.

'음, 그러니까… 한 명은 괴물을 흥분시키는 아이템을 가지고 유인하면서 다른 이들이 공격할 수 있도록 틈을 만들면 나머지가 공격을 한다 이거지?'

치호까지 6명인 이 그룹은 이와 같은 사냥 방식을 택했다. 공격 역할 4명, 괴물 유인 역할 1명, 그리고 나머지 1명은 주위를 경계한다던가 유인 역할이 부상을 당하거나 실수하는 등의 위급 상황을 대비하는 인원이라고 했다.

그전에는 클레이가 유인 역할을 맡았다고 했다. 미소가 어떻게 클레이를 알고 있었나 했더니 같은 사냥 동료였던 모양이다.

'뭐 썩 나쁘지만은 않군.'

이런 식으로 함께 다니며 사냥을 하는 행위는 치호에게 향수를 불러일으켰다.

직접 인간이 미끼가 되어 하는 사냥. 아주 오래전에 이런 식으로 사냥을 다니면서 이동 생활을 하던 때가 생각났다.

그때는 지형을 이용해 맹수들을 절벽으로 유인한다던가 혹은 땅을 파 함정 구덩이를 만들고 유인하는 등의 수를 사용했으나, 이곳은 지평선만 펼쳐진 곳이라 지형이랄 것이 없고 함정을 만들어 사용하지 않는 것 같았다.

치호가 예전의 기억에 취해 있을 때 쥬드가 말했다.

"…해서 자네가 유인 역을 맡아줬으면 좋겠군. 그렇지 않아도 클레이가 빠져서 골치였는데 자네가 실력이 괜찮다고 하니 믿어보지. 잘할 수 있겠지? 이거 받게. 먼저 몸에 조금 바르고 괴물에게 선공을 한 후 녀석에게 이 액체를 뿌리면 괴물이 자네만 쫓아올 거야."

어쩐지 이 일행이 미소의 말만 믿고 별다른 소리 없이 치호를 데려온 이유가 있었다.

유인 역할이 필요했던 모양이다. 실력이 좋아서 잘 유인하면 좋고 아니면 치호가 죽을 뿐이니 밑져야 본전이라는 생각으로 데려온 것 같았다.

치호가 녀석들이 괘씸하게 느껴져 망설이고 있을 때 쥬드가 말을 이었다.

"유인 역할이 조금 위험하긴 해도 경험치나 스킬도 제일 잘 떨어진다고들 하니까 오히려 이득이지. 하하하."

쥬드가 호탕한 척 웃으며 아이템을 치호에게 넘겼다. 치호도 그 이야기를 듣고 그냥 유인 역할을 하기로 했다. 어차피

해야 할 사냥이라면 경험치를 더 받는 게 낫기도 하고 이들이 어디서 사냥하는지 봐둘 필요도 있었다.

치호는 얼마 전 벌판에서 방황할 때 한참을 돌아다녀도 카미유와 까피밖에 만나지 못했는데 어디서 다른 괴물들을 사냥하는지 궁금했다.

그때 옆에서 미소가 슬쩍 말을 걸었다.

"아저씨! 그걸 수락하면 어떡해요! 그냥 경계 역할부터 해보겠다고 하지! 얼마나 위험한지 알아요! 아 정말."

미소는 주위 일행에게 들리지 않도록 조곤조곤하게 말했지만 한마디 한마디에 힘이 들어가 있었다. 치호가 유인 역을 맡는다고 하니 당황한 모양이었다.

"뭐, 상관없어. 신경 쓰지마."

"그… 그래도."

"클레이 녀석이 하던 거라며? 경험치랑 스킬은 잘 주는 게 확실한 모양이군. 제일 먼저 다른 곳으로 간 걸 보면 말이야."

"네. 그건 그렇긴 한데 위험하니까요. 걱정돼서 그러죠. 저… 아저씨 미안해요. 아저씨가 유인 역할을 하게 될 줄은 몰랐어요."

"그렇게 걱정되면 괴물이나 빨리 처리해. 아무리 나라도 너무 시간이 오래 끌리면 지칠 수 있으니까 말이야."

"헤헤, 네! 그건 걱정 마세요! 최선을 다할게요."

미소는 치호가 유인 역할을 맡은 것이 못내 미안했는지 연신 최선을 다하겠다며 걱정 말라고 했다.

그때 쥬드가 앞장서서 가다가 손을 들어 올린 후 주먹을 꽉 쥐었다.

그와 동시에 일행들이 걸음을 멈추고 각자의 무기를 꺼내들며 자세를 낮추었다.

미소는 치호에게 손가락에 입을 가져다 대며 조용히 하라는 제스처를 보낸 후 눈짓으로 한 곳을 가리켰다.

그곳에는 체고가 2m 정도 되어 보이는 괴물이 서성거리고 있었다.

녀석은 4발 달린 괴물이었으나 뾰족하고 긴 꼬리가 3개인데다가 온몸에 얼룩무늬 패턴을 가진 녀석이었다.

'민첩해 보이는데……'

치호는 얼마 전에 얻은 도끼를 꺼내려다가 다시 집어넣고 단검을 들었다.

괴물이 민첩해 보여 일단 간을 본 후 도끼를 꺼내는 게 좋을 것 같았다.

괴물을 향해 천천히 거리를 좁히는 치호의 눈앞에 한 개의 메시지 창이 떴다.

[쥬드의 그룹 사냥 요청을 수락하시겠습니까? 수락 시 경험치 및 아이템이 기여도에 따라 분배되고 서로 간의 공격은 금지됩니다. 신중하게 선택하세요.]

갑자기 나타난 메시지에 조금 놀라 쥬드를 쳐다 보니 쥬드가 고개를 한 번 끄덕였다.

아무래도 쥬드가 뭔가를 한 모양이었다. 치호는 수락을 한 후 게임처럼 시야 어딘가에 일행들의 체력 현황이나 상태 이런 게 보일 줄 알았는데 변한 것은 없었다.

잠시 집중력이 흩어졌지만 다시 집중하고 천천히 괴물과 거리를 좁혀 나갔다.

'아마도 뒤통수쪽 척수 부근을 한방에 찌르면 단숨에 잡을 수 있을 것 같긴 한데… 보는 눈이 많으니 그럴 수도 없고.'

치호는 괴물의 등 뒤로 돌아 천천히 거리를 좁히자 괴물의 약점처럼 보이는 곳이 몇 군데 눈에 띄었다.

아무리 꼬리가 3개고 털의 패턴이 어떻다 한들 기본 적으로 4족 보행 체인 데다가 골격 구조가 지구에서의 맹수와 닮았기 때문에 치명적인 부분도 비슷할 것이라 생각했다.

'일단 쥬드나 다른 녀석들 실력도 좀 봐야 할 테니까 적당히 해볼까? 이 시약 효과도 궁금하고.'

쥬드가 건넨 시약이 치호의 왼손에 들려 있었다. 어떤 식으로 괴물의 이목을 집중시키는 건지 확인해 보고 싶었다.

처음 보는 외견만 아니면 그렇게 긴장할 필요는 없어 보였다. 크기가 아무리 커도 결국엔 단백질로 이루어진 생물체니까.

그 순간 바람의 방향이 바뀌었다. 괴물 쪽에서 치호 방향으로 살랑살랑 불던 바람이 급하게 반대로 방향을 바꾸었다.

그 순간 괴물이 여유롭던 모습에서 경계하는 모습으로 태세를 전환해 치호 방향으로 매섭게 눈을 치켜떴다.

'제길. 이런 실수를.'

자신의 냄새도 지우지 않고 사냥을 오는 기본 적인 실수를 했다.

너무 오랜만의 사냥이기도 했고 치호의 방심이 더해져 이런 상황을 만들었다. 하지만 치호는 당황하지 않고 재빠르게 튀어 나갔다.

'어쨌든 유인만 성공하면 되는 거 아니야?'

치호는 괴물에게 달려들면서 허리춤의 단도를 재빨리 꺼내 단검을 휘두르는 동작을 취했다.

이 다음 이어질 행동은 자신이 베어내 상처를 입힌 괴물에게 시약병을 던지기만 하면 되었다. 어려울 건 없다.

하지만 치호의 예상은 첫 수부터 틀려 있었다.

까드득. 뚝.

'어?'

"아저씨! 피해요!"

동시에 미소가 찢어질 듯한 비명을 지르며 치호를 다급히 부르는 소리가 들렸다.

치호가 자신 있게 빼들었던 단검은 괴물의 몸에 생채기를 내기는커녕 기묘한 소리를 내더니 그대로 부러졌다.

단검의 내구도는 여유가 있었기에 이런 상황을 예상치 못했다.

치호는 미처 괴물의 공격에 대비하지 못하고 그대로 녀석이 휘두른 꼬리 공격에 몸을 내주어야만 했다.

"끄헉."

그대로 튕겨 나간 치호의 몸은 수 미터를 넘게 구르고서야 멈추었지만 괴물은 그대로 깔아뭉개 단숨에 숨통을 끊을 생각인지 치호를 향해 높이 튀어 올랐다.

"아저씨!"

급작스레 허용한 꼬리 공격 때문에 머리가 어지럽고 정신이 없었다.

다행히 어디가 부러지거나 하진 않은 것 같았지만 도무지 정신을 차릴 수 없을 때 다시 들린 미소의 외침에 반사적으로 몸을 마구 굴려 현재 위치에서 벗어났다.

쿵.

씨케케케.

괴물은 방금 전까지 치호가 쓰러져 있던 장소에 육중한 몸뚱이를 날려 착지시켰지만 허탕이었다.

자신을 공격한 날파리를 잡지 못한 것이 못내 아쉬운 듯 괴이한 울음소리를 냈다.

괴물이 재차 공격을 가하려 했지만 그 뜻을 이루지 못했다.

"야이, 포바란 새끼야!"

미소가 어느새 치호 곁으로 다가와 괴물에게 욕을 날리며 공세를 막아냈다. 괴물의 이름이 포바란인 듯했다.

'이거 한 번 빚졌군. 제길.'

아직 흔들리는 머리가 완전히 회복된 것은 아니었지만 미소가 시간을 벌어준 덕에 몸을 일으킬 수 있었다.

그 사이 미소는 간신히 괴물의 이목을 끌고 요리조리 괴물의 공격을 피하고 있었다.

그 위태위태해 보이는 모습 때문에 기다릴 수가 없어 쥬드에게 외쳤다.

"쥬드! 칼이 안 박혀. 이거 어떻게 된 거야!"

"너 임마! 근력 스텟이 몇이야! 설마 민첩 같은 것만 몰빵했냐!"

쥬드는 미소가 저렇게 튀어나가 치호를 보호할 줄 몰랐기에 제대로 된 대처를 하지 못하고 있었다. 예상에서 벗어난 이 상황이 마음에 들지 않는지 거칠게 말했다.

'근력? 그렇다고 칼도 안 들어가? 제길. 상상 초월이구만.'

신발에 달린 민첩 스텟의 영향으로 이동 간에 조금 편리해지긴 했지만 스텟의 영향이란 것이 이런 부분에서 나타날 줄은 생각하지 못했다. 지금까지 잡아온 카미유나 다른 괴물들은 그런 것 없이 칼만 잘 들어갔기에 생각하지 못했다.

"인벤토리!"

더 이상 지체할 수 없었다. 미소가 괴물에게 당할 것만 같았다. 자신 때문에 누군가가 목숨을 잃는 것은 절대 사양이다. 차라리 자신이 죽는 게 몇 배나 낫다. 자신을 위해 몸을 던진 미소 정도라면 죽음에 이르기까지의 고통 따위 웃으면서 참아 줄 수도 있다. 게다가 죽어도 죽는 게 아니니까 두려울 건 없다. 다만 주위에 사람들이 괴물이라며 떠나가는 것이 문제지만.

치호는 얼른 도끼를 꺼내 들었다. 도끼에는 근력 수치가 붙어 있으니 저 포바란이란 녀석에게 먹힐 것이다. 미지정 포인트를 사용해 올리는 방법도 있었지만 지금같이 긴박한 순간에 몇 포인트를 올릴지 고민하거나 하는 그런 여유따윈 없었기에 도끼를 꺼내 들었다.

치호는 한 손에는 도끼를 들고 떨어져 있는 시약병을 다시 주워 미소에게 외쳤다.

"미소! 내가 공격하는 순간 빠져!"

미소의 대답은 들리지 않았다. 대답할 여유조차도 없는 것처럼 느껴졌다.

'제길, 방심 한 번의 대가를 거창하게 치르는구만.'

치호는 스스로를 자책했다. 예상치 못한 상황도 상황이지만 너무 방심했다. 전투 중에 칼이 부러지는 일이야 예사로 일어나는 일.

방금 산 새 칼이라도 부러질 수 있는 게 전장이고 전투다. 그런 하찮은 일에 당황해서 적의 공격을 그대로 허용한 것 자체가 문제였다.

키테그람의 새끼를 잡고 레벨을 단숨에 몇 개나 올린 경우도 있지만 그건 처음에 정신없을 때 일이고 지금껏 카미유나 까피만 잡고 레벨을 올리다 보니 어느새 이 세계를 얕보고 있었다. 거기다 인간과의 전투에서 한계 레벨에 도달한 피츠에게 자신의 실력이 통한다는 것까지 확인했으니 그 방심은 한층 더 커졌을 터.

그런데 그 문제가 지금 터지고 말았다. 그 방심의 대가를 자신이 받는 것이라면 이해하고 넘어가겠지만 남의 목숨을 대가로 치를 수는 없다. 그것도 자신에게 호의를 보인 상대의 목숨이라면 더더욱.

씨케엑!

치호가 포바란에게 단숨에 달려가 도끼로 팔랑거리는 3개의 꼬리 중 하나를 그대로 끊어냈다.

'좋아. 박히는군.'

이번에도 단검처럼 칼날조차 들어가지 않으면 어쩌나 내심 걱정했지만 강화된 근력의 수치는 충분해 보였다. 단숨에 꼬리를 쳐낸 것을 보면 말이다.

치호는 재빨리 시약병을 녀석의 꼬리부근에 던져 깨뜨리고 미소를 발로 밀쳐내 괴물의 사정권에서 벗어나도록 했다.

"꺄악!"

미소가 치호의 발길질에 놀라 비명을 질렀지만 괴물은 아랑곳 않고 오직 치호만 바라봤다. 시약의 효과가 있는 것 같았다.

"시약을 뿌렸다! 공격해!"

치호가 쥬드와 그 일행에게 외치자 그들은 그제야 몸을 움직이기 시작했다.

씨엑.

푹.

화살 하나가 등 뒤에서 날아와 치호의 귓불을 스치고 나아가 포바란의 몸통에 틀어박혔다.

'이 새끼들이 진짜.'

치호는 자신의 방심 때문에 일어난 이 상황도 마음에 들지 않았는데 동료라는 것들의 배려 없는 공격에 짜증이 치밀어 올랐다. 게다가 위급 상황에서 화살 몇 대만 날려줬어도 미소나 자신이 그렇게 위험하지는 않았을 텐데, 이제야 화살을 날린 것도 마음에 들지 않았다.

'일단 이것부터 잡고 보자.'

일행들의 전투 태도가 마음에 들지 않았지만 지금 눈앞의 적을 먼저 처리하는 게 우선이다.

　　　*　　　　*　　　　*

씨케엑.

[경험치 225를 획득하셨습니다.]
[95 브론을 획득하셨습니다.]
[첫 그룹 사냥 성공! 추가 경험치 100을 획득하셨습니다.]

후욱. 후욱.

치호가 거친 숨을 몰아 뱉었다. 포바란이 귀에 거슬리는 울음을 토해내며 큰 거체를 가누지 못하고 결국 쓰러졌다.

동시에 눈앞의 보상 메시지가 함께 떠올랐지만 치호는 성에 차지 않았다.

'겨우 225? 이 개고생을 해서 잡았는데?'

끈질기게 따라붙는 포바란의 꼬리 공격도 까다롭고 녀석의 민첩한 움직임 또한 무시할 수준이 아니었다.

헌데 보상이 마음에 들지 않았다. 오히려 혼자 움직이면서 단숨에 녀석의 숨통을 끊는 식으로 사냥을 하는 게 이득일 것 같았다.

괜히 상처 입은 맹수가 위험하다는 소리를 하는 게 아닌데 이 사냥 법은 오히려 상처를 입히고 시작하는 사냥이니 힘들 수밖에 없다.

게다가 몰려다녀야 하니 치호의 본 실력도 보일 수 없고 오히려 사냥이 힘들게만 느껴졌다.

물론 이전에 잡았던 녀석들과는 비교할 수 없을 만큼의 경험치를 얻지만, 위험 그리고 전투 시간을 고려해 보면 그리 이득도 아닌 것 같았다.

"후, 고생들 했어. 치호 녀석이 처음에는 실수를 좀 했지만 그래도 실력이 괜찮은데? 클레이가 유인할 때보다 한결 수월해. 하하하."

치호는 쥬드의 웃음이 거슬렸다. 경험치도 마음에 안 들고 전투 자체도 그리 만족스럽지 못했다. 게다가 따져야 할 게 있어 물었다.

"쥬드. 활 쏜 게 누구야. 나 안 보여? 위치를 그렇게 잡고 쏘는 활쟁이가 어딨어!"

"전투가 노련해서 베테랑인 줄 알았더니. 미소 말대로 경험이 얼마 없군그래. 어차피 동료가 쏜 공격은 맞아도 아프지도 않아. 걱정 없다고. 참 재미있는 친구로군. 하하."

치호는 쥬드가 하는 말을 듣고 처음 그룹 수락 어쩌고 할 때 서로 간의 공격이 금지된다는 말을 떠올렸다.

공격하면 공격하는 거지 어떻게 금지한다는 말일까 잠시 궁금했었는데 이런 식으로 금지될 줄은 몰랐다.

그래도 거슬리는 건 어쩔 수 없다. 자신이 움직일 궤도 위로 화살이 왔다 갔다하면 그것만큼 곤란한 게 없다.

대미지가 없다는 걸 알아도 몸이 움찔거리는 건 피할 수 없기에 사냥에 있어 방해된다.

하지만 이것으로 더 따져봐야 별것도 아닌 것 가지고 화낸 자신만 우스운 꼴이 될 것이다.

아직 이 세계는 알아 두어야 할 것이 너무 많은 것 같았다. 혼자 분을 삭이고 있을 때 미소가 다가와 말을 걸었다.

"아저씨, 괜찮아요? 어떻게 되는 줄 알고 걱정했단 말이에요."

"아, 괜찮아. 고맙다. 나 때문에 괜히."

"헤헤, 아니에요. 돕고 살아야죠. 한국인은 정 아니겠어요?"

미소는 웃기지도 않은 농담을 하며 치호의 기분을 풀어주려 하는 것 같았다.

그런 미소의 따뜻한 모습에 치호는 약간의 걱정이 되었다.

"근데 너 왜 전투만 들어가면 욕을 그렇게 하는 거야?"

"네? 제가요? 언제요?"

"지난번 전투에서도 그렇고 너 자꾸 그런 식으로 해서 습관 들면 나중에 골치 아파지는데……."

"에헤? 농담도 참. 제가 무슨 욕을 한다고. 저 평소에도 욕

못 하는 걸요? 그리고 아저씨! 숙녀를 발로 차다니! 너무해요!"

"아, 급해서. 미안하다."

"헤헤, 장난이에요."

미소는 과장된 몸짓을 하면서 아팠다는 둥 다음엔 살살해 달라는 둥의 농담을 던졌다.

미소는 아직도 치호가 분이 덜 풀린 줄 알고 풀어주려는 모양이었다.

하지만 치호의 관심은 다른 곳에 쏠렸다.

'자기가 전투할 때 하는 행동에 대해서 제대로 기억을 못한 다고? 이거 골치 아픈데.'

치호는 예전에 자신도 이와 같은 경험을 한 적이 있기에 미소를 더 안쓰러운 눈으로 바라봤다.

제6장
쥬드의 퀘스트

전투 중에 자신의 행동을 기억하지 못하는 경우는 크게 두 가지로 나눌 수 있다.

전투 시 매우 흥분하거나 격해졌을 때 일어날 수 있고, 또 하나는 치호가 우려하고 있는 정신의 분리 현상이다.

즉, 자신이 감당할 수 없는 상황을 만났을 때 자신도 모르게 다른 인격을 대신 그 자리에 내세워 전투 상황을 모면하는 경우다.

치호도 한때 이러한 현상을 겪었기 때문에 누구보다 잘 알고 있었다.

치호 역시 처음에는 흥분해서 기억이 날아갔나 싶었는데 그 현상이 점점 심화되더니 나중에는 전투 중 기억이 전부 날아가고, 더 나아가 그 인격이 평상시에도 자신을 침식해 오는 상황까지 겪었다.

그때의 기억은 치호에게 아직도 기억하고 싶지 않은 몇 안 되는 치욕이자 오점으로 남아 있다.

다만 아주 오랜 시간에 걸쳐 스스로 극복했지만 미소의 경우는 그럴 수 없으니 걱정이 되었다.

'혼자 전투를 겪고 살아남는다는 게 쉽지는 않은 일이긴 하지만……. 에휴, 하필 골치 아픈 거에 걸렸군.'

미소가 자신을 대하는 성격을 봤을 때 아직은 순수함이 빠지지 않은 아이였다.

그런 아이가 잔인한 살육의 장면과 끊임없이 한계 상황에 부딪쳐야 하는 시련이 반복되다 보면 자신도 모르게 또 다른 인격이 고개를 치켜들기 마련이다.

게다가 또 다른 자신을 자각하지 않았으면 다행이지만 한 번 자각이 시작된 인격은 쉽게 떨어져 나가지 않는다.

'뭐… 아직 확정이라고 할 수도 없고. 결국 스스로 극복해야 하는 문제니까.'

치호는 미소에게 당부의 말이나 현재의 상태를 미소에게 말해줄까 하다가 그러지 않았다.

아직 초기 증상이기도 했거니와 지금은 그 현상이 미소의 생존을 책임지고 있으니 쉽게 말할 수 없다.

현대 사회였다면 말해주고 치료를 권장했겠지만 지금은 다르다.

괜히 그런 걸 말했다가 스스로 전투에 서지 못하는 상황이 오면 이 세계에서 나아가지 못하고 그대로 주저앉아버릴 수 있다.

미소의 대한 걱정이 치호의 마음을 흔들어 놓을 때 쥬드의 말소리가 들렸다.

"자, 오늘 사냥은 이만 접고 철수하자고. 치호가 잘해줘서 생각보다 일찍 끝났는데? 좋아, 앞으로도 이렇게만 하면 하루에 두 마리도 잡을 수 있겠어."

"뭐? 벌써 돌아가자고? 이제 한 마리 잡았는데?"

치호는 다소 어이가 없었다. 이제 몸이 좀 풀릴까 싶은데 돌아가잔다. 이래서 언제 레벨을 올리고 클레이를 쫓아가나 싶었다.

"과유불급이란 말도 모르나? 언제나 욕심은 사람을 상하게 하지. 방금 얻은 경험치도 꽤 쏠쏠하잖아? 너무 조급하게 생각하지 말라고. 어차피 곧 해도 질 테고 오늘은 합만 적당히 맞춰 보려고 했는데 의외로 성과가 좋아. 이정도면 충분한 것 같으니 돌아가자고."

다른 일행들도 별말을 하지 않는 걸 보니 이 그룹은 하루에 한 마리만 잡아도 만족하는 것 같았다. 많을 때는 두 마리 잡는 것 같고.

'하아… 이거 다들 내 마음 같지만은 않군. 하긴 뭐 이해해야지.'

사실 일반인들에게 하루에 저런 괴물 한 마리 잡는 것도 엄청난 심력을 소모하는 일이다.

자신과 비교를 해서는 곤란하다. 하지만 이 사실을 이해하면서도 치호는 마음에 들지 않았다.

사냥도 너무 위험하게 진행할뿐더러 성과도 크지 않고 사냥하는 개체의 수도 너무 한정되어 있었다.

'나중에 혼자 오던지 해야지. 이거 안 되겠어.'

그래도 당분간은 이들과 함께 사냥을 해야 할 것 같았다. 이번 그룹 사냥에서 치호가 몰랐던 공격 금지 조항이나 괴물들을 유인하는 아이템 등 아직 알아둬야 할 점이 많았기에 며칠은 더 이들과 사냥할 생각이었다.

돌아가는 길은 어렵지 않았다. 나침반 같은 물건 없이 어떻게 거점을 다시 찾나 싶었는데 팔목 안쪽에 붙인 기묘한 문양 때문인지 저 멀리 빛의 기둥이 하늘에 닿아 있는 것이 보였다.

저 빛의 기둥이 거점인 것 같았다.

치호와 일행들은 빛의 기둥을 따라 가볍게 발걸음을 놀렸다.

다만 치호만은 사냥이 마음에 들지 않았는지 다소 발걸음이 무겁게 보였다.

*   *   *

'음, 좋아. 모닥불도 챙겼고… 식량도 이만하면 충분할 것 같고.'

치호는 사냥을 나갈 준비를 하고 있었다. 지난 며칠간 미소의 일행과 함께 사냥을 다니며 알아둬야 할 점은 어느 정도 파악해 뒀기 때문에 이제는 슬슬 혼자 사냥할 때가 되었다.

치호는 하루라도 빨리 레벨을 올리고 싶었기에 계획이 서자마자 준비를 시작했다.

치호는 준비해 둔 배낭을 어깨에 짊어졌다. 인벤토리도 있지만 인벤토리는 칸 수가 적어 생각보다 물건이 많이 들어가지 않아 따로 배낭을 준비해야 했다.

똑똑.

배낭을 메고 나가려고 할 때 치호가 머무르던 쉼터의 문 밖에서 노크 소리가 들렸다.

'누구지?'

치호는 자신의 쉼터 문을 두들길 만한 이가 떠오르지 않았다.

지금까지 사냥만 다녔기 때문에 다른 이들처럼 친분을 쌓거나 한 적이 별로 없어 퍼뜩 떠오르지 않았다. 문을 열어보니 미소가 서 있었다.

"미소? 어떻게 여길 찾아왔지?"

"지난번에 쉼터 배정받을 때 봐뒀죠. 아저씨. 쥬드 씨 그룹에서 나온다면서요?"

"아아, 그거? 사냥도 사냥이지만 좀 이 근처를 좀 돌아다녀 보려고."

"위험할 텐데… 그냥 계속 쥬드 씨랑 같이 다니지 그래요?"

"너도 알다시피 내가 레벨만 높았지 이 근처에 대해서 아는 게 없잖아. 게다가 10레벨이 되면 통로가 3번 열리기 전에 다음 필드로 가야 한다면서? 좀 둘러보려면 지금이 적기지."

혼자 사냥한다고 하면 이야기가 길어질 것 같아 적당히 둘러댔다.

통로에 관한 것은 지난 며칠 간 함께 사냥을 하면서 새롭게 알게 된 사실이었는데 이곳에서 10레벨에 도달한 후 3번의 통로가 열릴 때까지 다음 필드로 넘어가지 않으면 나아갈 의지와 테스터로서의 본분을 포기했다고 간주하여 해당 필드에 주민으로 등록된다고 했다.

주민으로 등록되면 통로가 열려도 다음 필드로 넘어갈 수 없다고 했는데, 이를 감수하고 이 필드에 남은 인물이 대표적으로 상점 주인이나 안내 데스크의 안내인들이었다.

그들도 처음에 테스터의 자격으로 이곳에 왔으나 개인적인 이유나 부상 등의 이유로 다음 필드로 넘어가지 못했다고 했다.

치호는 처음 이 이야기를 들었을 때 등골이 오싹했다. 이 벌판에서 영원히 살라니. 생각하기도 싫은 일이다.

즐길 거리가 많다는 과거 지구에서도 삶에 지쳐 스스로 목숨을 끊기 위해 발버둥쳤는데 이 벌판뿐이 없는 곳이라면 생각할 가치도 없다.

통로에 관한 이야기를 잠시 회상하던 치호에게 미소가 계속해서 말을 이었다.

"그건 그렇긴 하네요. 근데 무슨 전쟁 나가요? 무슨 짐을 그렇게 많이 들고 가요?"

"아, 좀 멀리 돌아볼 텐데 다시 돌아오려면 시간도 걸리고 며칠 노숙할 생각이거든."

"에? 그럼 우리 지금이 마지막이네요?"

"뭔 소리야, 또."

"저 내일이면 떠나잖아요. 통로가 열려서."

"아, 벌써 그렇게 됐나?"

"네. 어쩌다 보니 오늘이 마지막이네요. 아쉽네요. 헤헤."

미소는 그간 치호와 정이 들었는지 헤어지는 게 아쉬운 듯
했으나 그 표정을 감추려 억지로 웃는 것만 같았다.

"뭐, 너는 가서도 잘 해내겠지."

"그런가요? 근데 저 오늘 마지막인데 뭐 해줄 말 없어요?
음… 뭐 사냥할 때 노하우라든가 아니면… 뭐 그런 거 있잖
아요."

"잘하면서 뭘 그래. 딱히 해줄 말은 없다만 굳이 하자면…
언젠가 너 자신이 네가 아니라고 생각될 때가 올 수도 있어.
그땐 복잡하게 생각 말고 그 일부도 너 자신이니까 그냥 편안
하게 받아들여. 그게 좋아."

"…누가 아저씨 아니랄까봐 엄청 뜬구름 잡는 소리네요."

"뭐 그냥 염두해 두고만 있어. 그런 상황이 안 오면 좋은 거
지, 뭘 그래? 아무튼 난 간다. 욕 좀 줄이면서 싸우고. 알았냐?"

치호는 먼저 미소에게 등을 돌리며 발걸음을 옮겼고 그 무
심한 등을 향해 미소가 외쳤다.

"저 욕 못 한다니까요! 에휴. 암튼 아저씨도 빨리 올라와요. 어쩌면 만날지도 모르잖아요? 헤헤… 아저씨랑은 좀 더 빨리 만났으면 좋을 뻔 했어요……."

마지막 말은 치호에게 전해졌는지 어땠는지 모르지만 치호는 등을 돌린 채로 손을 무심히 흔들며 걸어갈 뿐이었다.

씨케케케! 켁켁.

"가만히 있어. 새끼야. 더럽게 움직이네."

포바란은 몸을 부르르 떨다 결국 맥없이 힘이 풀려 쓰러졌다.

〈경험치 980을 획득하였습니다.〉

〈1실버 65브론을 획득하였습니다.〉

〈포바란의 썩은 이빨을 획득하였습니다.〉

〈레벨 업! 한계 레벨에 도달하였습니다.〉

〈추가 보상금 10실버를 획득하였습니다.〉

〈최단 시간 10레벨 달성. 매직 급 아이템을 보상으로 획득하였습니다.〉

〈칭호 고독한 사냥꾼을 획득하였습니다.〉

〈한계 레벨 이후 얻는 경험치는 스킬 획득률로 자동 조정됩니다.〉

"후, 이제야 한계 레벨… 슬슬 돌아가 볼까."

치호의 모습은 지난 며칠 간 몰라볼 정도로 변해 있었다.

혼자 사냥을 하기 위해 위장을 한 탓인지 온몸에 수풀들이 덕지덕지 꽂혀 있었고 제대로 씻지도 않았는지 손은 물론 얼굴에도 피 얼룩이 져 있었다.

치호는 그런 것 따위 전혀 문제없다는 듯 얻은 장비와 칭호를 확인했다.

"인벤토리."

〈황야의 장인 찰갑 — 매직 등급〉

— 방어력: 158

— 가죽 갑옷만 입는 세태가 마음에 들지 않은 장인이 만든 특수 찰갑. 무겁지만 가죽 갑옷을 입은 것처럼 가볍게 느껴지도록 제작되었다.

— 특수 효과: 근력 +21, 저항력 +5%

— 내구도: 68/68

'저항력? 슬슬 스킬에 대한 내성을 키워야 한다는 건가……'

치호는 〈황야의 장인 찰갑〉에 붙어 있는 특수 효과 중 저항력이라는 부분에 눈이 갔다.

그러고는 처음에 클레이의 스킬을 맞고 정신이 없었던 것이 떠올랐다.

'5%라… 효과가 있으려나……'

예전에 맞은 '파이어 볼트'라는 스킬의 충격을 생각했을 때 5% 경감된다고 해서 크게 달라질까 생각했지만 없는 것보다는 낫다.

게다가 이런 효과가 있다는 것을 안 것만 해도 큰 이득이다. 치호는 새로 얻은 찰갑을 입었다.

기존의 〈가벼운 사슬 갑옷〉과 크게 차이가 나지 않는 무게 감이었다.

아무래도 특수 효과의 근력 향상 부분이 갑옷의 무게감을 조절한 것 같았다.

치호는 거점 방향으로 발걸음을 옮기며 나머지를 확인했다.

〈칭호 — 고독한 사냥꾼〉

— 다양한 변수에도 굴하지 않고 홀로 고독하게 사냥을 이루어 낸 자.

— 특수 효과 : 지구력 +16

'휘유. 꽤 쏠쏠하네. 칭호라는 것도 나오는 법칙이 있을 것 같은데⋯ 뭐 갑자기 툭툭 튀어나오니 종잡을 수가 있나. 그럼 얼마나 스텟이 오른 거지?'

"스테이터스 상세 확인."

〈스테이터스 상세〉

— 종족(격): 인간(견습 테스터)

— 이름: 황치호(Lv. 10)

— 특성: 불사의 괴인[???]

— 직업: 미정

— 기본 능력(미지정 포인트 +45)

근력: 10[+39] 〉 49

지구력: 10[+16, +10%] 〉 27

민첩: 10[+23] 〉 33

마력: 10 〉 10

기량: 10[+161] 〉171

— 추가 능력: 이동 속도 +5%, 세 번째 충격 시 +100% 대미지, 저항력 +5%

— 획득 칭호: 카미유 학살자, 고독한 사냥꾼.

치호는 스테이터스 상세를 보면서 미지정 포인트를 올릴까 말까 고민을 했지만 그냥 두기로 결정했다.

아직 마력 포인트에 대한 이해도 없을뿐더러 스킬을 아직 획득하지 못했기 때문에 섣불리 포인트를 배분하기 꺼려졌다.

'게임할 때 법사로 힘 1 찍었다고 캐릭터를 다시 키운 걸 생각하면… 안 돼. 으, 싫다.'

치호는 지구에서 하던 게임이 생각났다. 온라인 게임이었는데, 스텟 하나 잘못 찍었다고 망캐니 뭐니 하면서 치호를 비난했던 이들이 떠올랐다.

그 말 때문에 지금 스텟을 분배하지 못하는 건 아니지만 지금 굳이 스텟 포인트를 분배해야 할 이유도 없고 각 항목에 대해 어느 정도 추측은 가능했지만 정확한 정보가 부족했다.

이것은 게임도 아니고 치호의 앞에 닥친 현실이다. 다시 돌이킬 수도 없는 선택을 해야 한다면 신중해질 수밖에 없었다.

'그래도 매직 등급 아이템도 얻었고 괜찮군. 스텟도 쓸 만한 게 붙은 것 같고.'

홀로 사냥하러 나오길 잘한 것 같다고 생각했다. 경험치도 그룹 사냥을 할 때보다 4배 정도 많이 얻는 것 같았다.

아마 그룹 사냥을 하면 어느 정도 가산 경험치가 있는 것 같았지만 그걸 고려해도 아주 마음에 드는 수치의 경험치였다. 쥬드의 그룹에 있었으면 아직도 한계 레벨에 도달하지 못했을 것에 틀림없다.

치호가 이런 저런 생각을 하는 사이 어느새 거점에 도착해 있었다.

[한계 레벨에 도달하여 가능성을 증명한 테스터에게 경고합니다. 앞으로 3번의 통로가 열릴 때까지 해당 필드를 벗어나지 않으면 수명이 다할 때까지 필드에 귀속됩니다. 정리할 일이 있다면 빠르게 정리하고 다음 필드로 이동하시길 권장합니다.]

[남은 통로 횟수: 3 회]

'알았다. 알았어. 젠장.'

거점에 들어오자마자 안내 메시지가 떠오르면서 남은 통로 횟수는 시야에서 사라지지 않고 한 구석에 자리 잡았다.

알고 있는 내용을 다시 한 번 메시지를 통해서 보니 뭔가 닦달하는 것 같아서 마음에 들지 않았다.

게다가 수명을 강조하는 메시지는 더욱 몸서리쳐졌다. 치호는 서둘러 신전 방향으로 길을 잡았다.

얼른 퀘스트란 걸 받아서 완료하고 스킬을 위한 사냥을 나가야 하니 바쁠 것 같았다.

＊　　　＊　　　＊

'생각보다 별것 없는데……'

밖에서 볼 때 신전처럼 보여서 대단히 화려할 줄 알았는데 막상 들어와 보니 금빛으로 치장되어 있지도 않았고 기기묘묘한 벽화가 새겨져 있는 것도 아니었다.

오히려 아무런 치장이 되어 있지 않아 을씨년스러운 분위기를 풍겼다.

그저 중앙 홀 한 가운데에 나체의 여성이 기도를 올리는 듯한 모습으로 조각된 석상 하나만 덩그러니 놓여 있을 뿐이었다.

어떻게 퀘스트를 받는지 몰라 여기저기 둘러보고 있을 때 누군가가 치호를 불렀다.

"치호, 여신님 퀘스트 받으러 온 건가?"

"아, 쥬드."

"벌써 한계 레벨을 달성한 거야? 나랑 같은 시기에 퀘스트를 받을 줄은… 이거 내 체면이 말이 아닌데? 하하하."

"어쩌다 보니. 너도 퀘스트를 받으러 왔나?"

"뭐, 그룹의 장으로 있다 보면 내 이득만 챙길 수 있나, 조금씩 양보하다 보니 좀 늦어져서 지금에야 받으러 왔지."

"그렇군. 퀘스트는 어떻게 받아야 하지? 서둘러 왔더니 잘 모르겠군."

"아, 별거 없어. 저 여신 석상 앞에 가서 푸념하는 투로 '아 이참. 더 이상 할 게 없네. 여신님, 통로는 언제 열리나요?' 라고 말하면 돼."

"…진심으로 하는 말이겠지?"

"하하하. 어이가 없더라도 좀 참아. 이래서 사람들이 신전에 올 때 혼자 오는 건데……. 자넬 만날 줄은 몰랐지. 못 미더우면 내가 먼저 해볼 테니 조금만 기다려 봐."

그렇게 말하고 쥬드는 성큼성큼 석상 앞으로 걸어 나가 크게 외쳤다.

"아이참! 더 이상 할 게 없네! 여신님, 통로는 언제 열리나요!"

쥬드도 창피했는지 별로 푸념하는 투는 아니었지만 상관없는 것 같았다.

쥬드가 무언가에 집중하는 듯 움직이지도 않고 있었으니까.

얼마 간의 시간이 지나자 쥬드가 잔뜩 찌푸린 표정으로 치호에게 다가왔다.

"에이, 재수 없는 퀘스트가 걸렸어."

"왜 인솔자 퀘스트라도 받았나?"

"아니. 그런 건 아닌데… 듣도 보도 못한… 에휴. 일단 자네도 퀘스트부터 받고 와서 이야기하지. 나 참. 별 드러워서……."

뭐가 그렇게 불만인지 한참을 툴툴거렸다. 치호는 쥬드의 퀘스트가 궁금했지만 일단 자신의 퀘스트도 확인해 봐야 하니 일단 쥬드의 말을 따르기로 했다.

"아이… 차……. 쥬드! 이거 꼭 이렇게 말해야 돼?"

"다른 방법 없으니까 창피해도 참아."

여자아이 같은 말투가 도저히 입에서 떨어지지 않아 쥬드에게 재차 물었으나 다른 방법은 없는 것 같았다.

'제길, 이 나이 먹고 이런 짓을 해야 되다니.'

치호는 다시 심호흡을 하고 외쳤다.

퀘스트를 얻으려면 별다른 수가 없어 보였기에 포기하고 크게 외쳤다.

"아이참! 더 이상 할 게 없네! 여신님! 통로는 언제 열리나요!"

순간 얼굴이 화끈 달아올랐지만 말을 마친 순간 치호의 눈앞에 퀘스트가 떠올라 크게 신경쓰지 않은 채 퀘스트를 바라보았다.

[여신님의 심부름 ― 인과율의 균형추]

— 내용: 해당 필드에서 회귀자의 혼적을 발견하였습니다. 회귀자는 인과율의 균형추를 파괴하여 자신의 알량한 이득을 취하는 더러운 약탈자입니다. 군웅들이 그들의 피와 젊음이라는 대가를 바치고 얻은 결실을 아무런 노력 없이 가로채고 마치 자신이 노력해서 얻은 결과인 것처럼 모든 이를 속이는 기만의 상징입니다.

회귀자를 반드시 처단하세요. 그 회귀자가 가로채는 것이 당신의 피와 노력일 수 있습니다. 단, 회귀자는 필드에 맞지 않는 무력을 가지고 있을 수 있습니다. 테스터는 만전을 기해주시기 바랍니다.

회귀자를 처단할 시 그 누구도 얻지 못한 보상이 당신을 기다리고 있습니다.

*　　　　*　　　　*

치호는 떠오른 퀘스트를 읽자 인상을 잔뜩 찌푸렸다. 퀘스트의 내용 하나하나가 마음에 들지 않았다.

'회귀자 같은 소리하고 있네. 제길. 게다가 뭐? 누구도 얻지 못한 보상? 일부러 엿 먹이려고 이러는 건가.'

퀘스트의 마지막 문구, 누구도 얻지 못한 보상이라는 항목은 치호도 경험해 본 적이 있다.

히든 퀘스트였던 키테그람의 새끼를 처치할 때 떠오른 메시지다. 즉, 누구도 얻지 못한 보상이란 뜻은 누구도 성공하지 못한 퀘스트라는 의미였다.

그 메시지를 보니 치호는 이 퀘스트를 굳이 해야 할 필요를 못 느꼈다.

보상을 잃는 것은 아깝지만 퀘스트를 수행하지 않는다고 해서 이 필드를 벗어나지 못하는 것도 아니고 딱히 위험을 감수할 필요가 없어보였다.

'게다가… 회귀자가 누군 줄 알고? 아무나 잡고 목을 따라는 것도 아니고 힌트도 없어? 뭔 퀘스트 난이도가 이 따위야. 제길.'

불친절한 퀘스트의 내용에 치호는 불만을 터뜨렸다. 누구인지 특정할 수만 있어도 어떻게 시도라도 해볼 터인데 그런 것도 없으니 난감하기만 했다.

더군다나 인과율이니 뭐니 하면서 잔뜩 진지한 척하는 퀘스트 내용을 보고 치호는 냉소적으로 웃었다.

'지금까지 살면서 세상이 망한다느니 균형이 흔들린다느니 이따위 소리를 짓거린 놈들은 수도 없지만… 내가 여기 오기 전까지 별일 없었겠지, 아마? 누구한테 약을 팔아.'

오랜 시간을 살면서 수많은 이들이 치호에게 도움을 청해왔다.

도움을 청하는 이마다 마치 세상이 무너질 것처럼 이야기하지만 절대 그런 일은 없다. 다만 자신의 기득권이 무너질 순 있었겠지만.

치호가 퀘스트를 보고서도 한참이나 서 있자 쥬드가 참지 못하고 치호를 불렀다.

"치호! 퀘스트 확인은 끝났나? 어때, 할 만한 퀘스트야?"

"아, 나도 망한 것 같은데?"

"뭔데 그러나?"

"음, 뭔 회귀자를 잡으라는 내용인데 당최 무슨 소린지……."

"그러지 말고 한 번 보여줘 봐. 퀘스트 공유라고 외치고 내 이름을 말하면 되니까."

"아 그래? 퀘스트 공유 쥬드."

치호는 쥬드에게 퀘스트를 보여줬다. 퀘스트를 수행할 마음은 별로 안 들었지만 자신보다 이곳에서 오래 머물렀던 쥬드라면 뭔가 알지도 몰랐다.

혹시나 단서를 기대했던 치호의 마음과는 달리 쥬드는 크게 웃었다.

"하하하. 자네도 똥 밟았군그래. 이 시간대에 퀘스트를 받으면 망하는 건가… 그런 정보는 없었는데."

"끄응. 아무리 그래도 망했다니. 뭐 짚이는 거 없어?"

"짚이긴 개뿔. 치호, 자네나 나나 퀘스트 생각은 접어두고 그냥 열심히 스킬 작업만 해야 할 팔자야. 뭐 비슷한 처지의 동료가 있으니 한결 마음이 편해지는데? 하하하."

"말하는 것 하고는… 너는 퀘스트가 뭔데 자꾸 망했다고 하는 거야?"

"아, 내꺼? 큭큭, 직접 봐. 퀘스트 공유, 황치호."

[여신님의 심부름 — 키테그람의 알 회수]

— 내용: 키테그람의 어미가 얼마 전 자신의 새끼가 실종되자 미쳐 버렸습니다. 키테그람의 아비가 반역의 테스터 발보아에게 처형당한 후 불안했던 그의 정신이 새끼를 잃자 완전히 무너졌습니다. 어미가 품어야 부화가 가능한 키테그람의 알이 미쳐 버린 어미에 의해 파괴될 위험에 처해 있습니다. 어미와 알을 잠시 격리시켰으나 그 격리가 깨지기 직전입니다. 키테그람의 어미가 정신을 차릴 때까지 알을 보호해야 합니다.

키테그람의 마지막 알을 구해 오세요. 키테그람의 운명이 당신의 손에 달려 있습니다.

'키테그람?'

치호는 쥬드가 넘겨준 퀘스트의 내용을 읽자 뜨끔하는 마음이 들었다.

그 새끼를 죽인 것이 자신인데 그 때문에 어미가 미쳐 버렸다니. 아무리 괴물이라지만 좀 미안한 마음이 들었다.

"어때. 자네 못지않지? 난 키테그람이란 걸 지금까지 들어 본 적도 없는데 갑자기 알 수호라니, 제길. 그냥 포기하고 스킬 작업이나 하자고. 자넨 어디서 사냥할 텐가. 포바란?"

치호는 퀘스트 내용을 보고 망설여졌다. 키테그람에 대해서 이야기해야 할지, 혹 이야기한다면 어디서부터 이야기할지 결정을 내리지 못했다. 잠시 생각을 정리한 후 치호가 쥬드에게 말했다.

"난 들어본 적 있어. 키테그람."

"뭐? 이 퀘스트에 대해서 알고 있는 게 있나?"

"정확한 위치까지는 몰라도 대충 근처까지는 알 수 있을 것 같은데?"

"대체 그런 정보를 어디서 들은 거야?"

"아니, 어디서 들은 건 아니고 너도 내가 이 거점에 들어오기 전에 잠시 방황한 거 알고 있지?"

"물론이지, 미소가 다 얘기해 줬어. 감질나게 하지 말고 좀 얼른 얘기해 봐."

"그때 방황을 하다가 누가 3m는 더 되어 보이는 괴물을 혼자 잡고 있더라고. 그 괴물이 아마도 키테그람의 새끼인 것 같아. 그때는 나도 괴물을 처음 본 때라 도망치기에도 정신없었지만… 이제야 좀 알겠군. 위치는 대충 기억하고 있지."

"그 위치를 내게 말해줄 수 있나? 그 근처를 뒤져보면 둥지가 나올 것도 같은데 말이야."

쥬드는 거의 포기했던 퀘스트가 실마리를 얻자 어쩌면 성공할지 모른다는 기대감에 잔뜩 부풀어 치호에게 위치를 물었다.

"미안한데… 정확한 위치는 모르고 직접 가봐야 알 수 있을 것 같은데. 미안하게 됐군. 나도 스킬 작업을 해야 해서 말이야."

"치호, 이럴 게 아니라 퀘스트를 같이하자고. 어차피 회귀자인지 뭔지 하는 퀘스트 할 생각 없지? 그럴 거면 차라리 이 퀘스트를 같이 해보자고. 스킬이야 가면서 작업해도 되고 퀘스트 보상은 좀 줄어들긴 하겠지만 운명 어쩌고 하는 거 보면 적어도 매직 급은 주지 않을까 싶은데, 어때?"

치호는 쥬드의 제안에 한참을 고민했다. 쥬드의 말대로 퀘스트가 보상은 꽤 짭짤해 보이기는 했으나 키테그람과 관련된 일이라는 것이 꺼려졌다.

지난번 새끼 때도 그렇게 힘들었는데 이번에 자칫 어미라도 만나면 감당이나 할 수 있을지 확신이 서지 않았기에 선

듯 결정을 내리기 쉽지 않았다.

'뭐, 어미를 만나도 죽기밖에 더해? 격리시켜 놨다니까. 알 만 훔쳐 오면 되겠지.'

"좋아. 그럼 함께 가지. 가면서 스킬 작업도 병행해야 하니까 빠듯하겠군."

"하하하. 탁월한 선택이야. 그럼 퀘스트 공유 수락이라고 외치게. 이렇게 해야 나중에 불만이 안 나오거든."

"퀘스트 공유 수락."

"좋군. 이제 자네가 얼마나 하느냐에 따라서 퀘스트 기여도가 결정되니까 열심히 해보자고. 하하하."

쥬드는 퀘스트를 포기하려다가 성공할지 모른다는 희망을 얻자 표정이 점차 밝아졌다.

"그럼 일단 각자 준비하고 저녁에 출발하지. 나도 이제 사냥에서 돌아와서 떨어진 것도 좀 보충해야 하니 말이야."

"좋아, 자네도 통로 횟수가 3회 남은 거지? 피차 스킬까지 얻으려면 시간이 빠듯하니 얼른 움직이자고."

치호는 멀어져 가는 쥬드의 등을 보며 길을 제대로 잡을 수 있을까 하는 걱정이 들었다.

그러나 어차피 스킬 작업을 하려면 사냥도 해야 하니 찾다가 못 찾으면 사냥이나 열심히 하면 될 것 같아 마음을 비우기로 했다.

*　　　　*　　　　*

"치호, 의심하려는 건 아닌데 이쪽이 맞긴 맞아?"

쥬드는 치호와 길을 나선지 벌써 며칠이나 지났다. 그 사이에 통로도 한 번 열렸다가 닫혀서 횟수가 2회밖에 남지 않자 초조해진 쥬드가 몇 번이고 되물었다.

"맞다니까. 뭐 가다 보면 찾겠지. 그리고 여기 사냥도 꽤 괜찮지 않아? 초조해하지 말고 사냥하러 나왔다 생각해."

"그건 그렇지만… 이런 제길. 망할 놈에 키테그람은 대체 어디 짱박혀 있는 거야! 씨펄."

쥬드는 지난 며칠간 치호와 함께 사냥을 하며 그 사냥 속도나 양에 질려 버렸다.

'저렇게 사냥을 하니 레벨이 나랑 같지. 저런 사냥법은 어디서 배운 거야? 제길. 그나저나 따라가는 사람 생각은 해줘야지. 저 이기적인 놈.'

치호가 이끄는 방향으로 아무리 가도 퀘스트에 대한 실마리가 없자 쥬드는 불만이 쌓이기 시작했다.

키테그람의 새끼와 전투했던 지역은 지나친 지 오래였으나 그 지역을 넘어 계속 가다 보니 점점 강한 괴물들이 나왔다.

치호는 효율 좋은 스킬 작업이라 생각해 사냥을 했지만 쥬드는 그렇지 못했다.

아무래도 이렇게 강행군을 펼치며 사냥을 해본 경험은 없었던 것 같았다.

"저 자식은 지치지도 않는군. 괜히 같이 오자고 해서… 제길. 그냥 포기하고 포바란이나 잡을 것을. 휴우, 같이 가! 자네는 왜 그렇게 걸음이 빠르나!"

쥬드는 앞서 걷는 치호가 들리지 않게 툴툴거리다가 점점 멀어지는 것이 불안했는지 치호를 크게 불렀다.

그 외침에 치호는 그 자리에 못이 박힌 듯 우뚝 서서 쥬드를 기다려 주는 것 같았다.

쥬드가 거의 다가오자 치호가 웃으며 말했다.

"쥬드. 아무래도 방향은 제대로 잡은 모양이다."

치호는 쥬드를 향해 그렇게 말하고는 눈앞에 펼쳐진 광경에 집중했다.

치호의 발치에는 그 끝을 알 수 없는 거대한 구멍이 마치 괴물이 아가리를 벌린 것처럼 일행을 기다리고 있었다.

쥬드는 거대한 구멍을 보고 잠시 망설이는 듯했으나 치호가 망설임 없이 구멍 안쪽으로 내려가자 쥬드도 어쩔 수 없이 따라 내려가기 시작했다.

〈키테그람의 둥지에 도착하셨습니다.〉

치호가 구멍의 최하단부 바닥에 도착했을 때 눈앞에 짧은 메시지가 떠올랐다.

'제대로 도착한 모양인데… 엄청나군, 이거.'

"아니 막 그렇게 혼자 들어가면 어떡해! 마음의 준비도 좀 하고 들어와도… 응? 허, 땅속에 이런 게 있을 줄은… 대단한데."

치호와 쥬드는 땅속에 이런 거대한 공간이 있을 줄은 생각도 못 했다.

게다가 땅굴은 계속해서 어디론가 연결되어 있었다. 마치 개미굴을 연상시키는 구조였지만 그 규모는 비교할 바가 되지 못했다. 천장만 해도 10m는 넘어 보였으니까.

"휴우. 쥬드, 정신 똑바로 차려. 길 잃으면 나도 장담을 못 해. 바짝 붙어."

치호는 언제 불을 피워 횃불을 만들었는지 쥬드에게 건네주며 말했다.

"내 걱정은 말고 얼른 알이나 찾아서 나가자고. 드디어 끝이 보이는군."

쥬드는 퀘스트만 머릿속에 들었는지 치호의 말은 별로 새겨 듣는 것 같지 않았다. 치호는 장비를 점검하고 천천히 굴 안쪽으로 들어갔다.

*　　　　　*　　　　　*

치호가 앞장서서 걸으며 큰 길만을 따라 깊숙이 들어갔다. 큰 길을 따라 작은 구멍이 많이 보였지만 무시하고 길을 잡았다.

어차피 알을 찾아야 하는데 키테그람의 성체라면 저런 작은 구멍은 몸도 들어가지 않을 것 같았기 때문이다.

얼마간을 더 깊이 들어갔을 때 치호는 예전에 쥬드가 했던 것처럼 손을 번쩍 들어 주먹을 꽉 쥐었다. 일순 치호와 쥬드 사이에 긴장감이 맴돌았다.

끄륵끄륵.

둘의 눈앞에 애벌레처럼 생긴 괴물이 일행의 진로를 가로막고 있었다.

문제는 생긴 건 애벌레인데 그 크기가 사람만 하고, 듬성듬성 나 있는 잔털이 보통 날카로워 보이는 게 아니었다.

치호는 쥬드에게 공격하자는 눈치를 보냈지만 쥬드는 질겁을 하며 고개를 마구 저었다.

쥬드를 보며 잠시 한숨을 내쉰 후 거대 애벌레와의 간격을 점차 줄였다.

치호는 힘들더라도 하나씩 정리하면서 나가는 게 좋을 것 같았다. 등 뒤에 저런 괴물을 두고 전진하는 건 영 불안하니까.

'잔털들이 거슬리는데… 어딜 공략해야 되는 거야. 제길.'

지난 경험을 털어 봐도 애벌레의 어디를 공격해야 할지 딱히 전략이 서질 않았다.

발로 밟으면 터져죽는 애벌레의 약점 포인트 따위 생각해 본 적 없으니까.

'소금물… 같은 걸 뿌리나?'

애벌레와의 간격을 줄이면서 별의별 생각이 들었지만 쓸데없는 생각뿐이었다.

일단 부딪쳐 보는 수밖에 없었다.

쩔꺽.

치호가 간격을 줄여 단숨에 달려들어 양단할 기세로 도끼를 휘둘렀고, 어느 정도 통했는지 괴물의 몸뚱이에서 진갈색의 탁한 체액이 튀었다. 하지만 대미지가 있는 것처럼 보이지 않았다.

끄룩끄룩.

괴물은 아프지도 않은지 단지 끄룩끄룩 댈 뿐, 오히려 그와
는 별개로 자신을 공격한 치호에게 달려들기 시작했다. 치호
는 생각보다 빠른 괴물의 움직임에 잠시 놀랐지만 재빨리 몸
을 추슬렀다.

'제길. 생긴 거랑 다르게!'

치호는 자신에게 빠른 속도로 기어 오는 괴물에게 시약을
던졌다.

단숨에 괴물의 숨통을 끊어내지 못했으니 단기전은 이미
틀렸다.

챙강.

끄룩끄룩.

"쥬드! 시약 뿌렸으니까 공격해!"

그때까지 몸을 숨기고 있던 쥬드는 치호의 말을 듣고 얼른
활을 꺼내 시위를 당겼다.

하지만 아쉽게도 공격은 유효하지 못했다. 화살이 그대로
튕겨 나왔으니까.

처음 공격을 했을 때 치호의 손끝에서 느껴지는 감촉이 마치 철판을 때린 것 같은 느낌이라 불안했는데 쥬드의 화살 공격 정도는 유효하지 않은 것 같았다.

'제길, 결국 근접전으로 가야 하나.'

치호는 돌아가는 상황이 마음에 들지 않았지만 어쩔 수 없었다. 쥬드가 재차 화살을 날릴 때 그 타이밍과 맞추어 괴물의 등에 올라탔다.

몇 가닥의 잔털이 치호의 사슬 다리 보호대의 구멍을 타고 치호의 하체에 박혔지만 그 정도 피해는 감수해야 할 것 같았다.

'둘, 셋!'

파각.

〈피켈라니온을 처치하셨습니다.〉

〈스킬 획득률이 보정됩니다.〉

〈2실버 15브론을 획득하셨습니다.〉

괴물의 등에 올라타 머리통을 후려쳤을 때 세 번째 도끼질에서야 겨우 머리가 박살 났다.

도끼의 특수 효과가 때문인지 마지막 도끼질은 박히는 것부터가 달랐다.

아주 머리통을 수박을 깨듯 박살을 내버렸으니까.

괴물은 마지막 단말마도 지르지 못한 채 몸에 힘이 풀렸지만 치호는 승리의 기쁨도 만끽하기 전에 괴물의 사체를 살폈다.

괴물의 사체가 재가 되어 사라지기 전에 공략 포인트를 찾아야 할 것 같았다.

'분절? 외피 전체가 단단한 건 아니군.'

치호는 피켈라니온의 사체를 살피고 녀석의 공략 포인트를 찾아냈다.

단단하게만 보였던 녀석의 몸은 잔털에 가려 보이지만 않았을 뿐 분절형 몸을 가지고 있었다.

다음에 공격할 때는 이런 마디를 비집은 채로 치면 될 것 같았다.

이 부분은 관절처럼 연약해 보였기에 충분히 통할 것 같았다.

그때 쥬드의 비명이 들렸다.

"크악! 나… 나 좀 도와줘!"

치호가 피켈라니온의 사체를 살피고 있을 때 뒤쪽에 머물러 있던 쥬드가 어디선가 나타난 피켈라니온에게 공격을 받고 있었다.

치호는 그 모습을 보고 쥬드에게 올라타고 있는 녀석에게
쉐도하여 방금 발견한 약점 포인트를 도끼로 단숨에 때렸다.

꾸룩.

이번에는 처음 공격과 다르게 제대로 박혔다. 도끼의 특수
효과도 발동되지 않았으나 피켈라니온의 몸이 단숨에 동강
났다.

"휴, 다행히 통하는군. 괜찮아?"

"으헉. 나 살아 있는 것 맞지? 고… 고맙네. 휴."

쥬드는 자신에게 올라타 얼굴을 씹어 먹으려던 녀석의 시
체를 보며 안도의 한숨을 내쉬었다.

저 뾰족한 톱날 이빨로 얼굴을 물렸으면 빼도 박도 못하고
그대로 얼굴이 갈려 나가 죽었을 것만 같았다.

몸에 올려져 있는 녀석의 사체를 옆으로 치우자 쥬드의 몸
에 녀석의 몸에서 흘러나온 체액이 끈적끈적하게 들러붙었
다.

"으… 제길. 화살도 안 통하고, 이거 곤란해."

쥬드는 자신의 화살이 통하지 않자 치호처럼 근접 무기를
사용하려는지 인벤토리에서 철퇴를 꺼내 들었다.

"쥬드. 철퇴는 좀 힘들 수도 있는데."

쥬드는 치호를 보며 잠시 의아하다는 표정을 지었다.

그러나 치호가 발견한 공략 포인트를 설명해 주자 그제야 끄떡이며 한 자루의 박도를 꺼내 들었다. 치호가 보기에도 저 무기라면 쓸 만할 것 같았다.

"쥬드, 대체 무기를 몇 개나 가지고 다니는 거야? 인벤토리가 부족하지도 않아?"

"원래 이러라고 있는 게 인벤토린데? 네 녀석이 이상한거야. 도끼 하나로 쑹덩쑹덩 잘도 썰고 다니니… 보통은 어떤 괴물이 나올지 모르기 때문에 종류별로 가지고 다닌다고."

"그래?"

쥬드와 일단의 대화를 하면서 지호는 자신의 하반신에 붕대를 감았다.

피켈라니온의 잔털이 날카로워 허벅지에 구멍이 숭숭 난 것처럼 쓰렸다.

"얼추 정리도 끝냈으니 가자고, 아까 얘기해준 약점 포인트 잊지 말고."

"걱정 마. 포바란처럼 잽싼 녀석도 아니고 생각보다 빠르기는 하지만 어차피 기어다니는 녀석일 뿐이야. 아까처럼 방심만 안하면 걱정 없다구. 하하."

치호는 자신만만해하는 쥬드가 불안했지만 딱히 더 이상 말하지 않았다.

주눅 들어 있는 것보다 저런 모습이 차라리 나으니까.

자리를 정리하고 쥬드가 떨어뜨린 햇불을 다시 줍기 위해 근처로 다가가는 순간 치호는 재빨리 도끼에 손을 올렸다.

"쥬드! 준비해."

치호의 눈앞에는 어느새 몰려든 수십 마리의 피켈라니온이 날카로운 이빨을 번뜩이며 치호 일행이 들어온 방향에서 몰려오고 있었다.

'작은 구멍이 이 녀석들 집이었나… 그런데 이거 숫자가 너무……'

"치호! 도망… 크악!"

'저 병신이 진짜!'

치호가 고개를 다시 돌렸을 때 쥬드는 이미 피켈라니온에게 포위되어 있었다.

'제길.'

쥬드를 향해 달리며 그 사이를 비집고 들어오는 괴물들을 하나씩 쳐내기 시작했다.

하지만 치호가 한 마리씩 쳐내는 숫자보다 몰려드는 숫자가 더 많아 보였다.

"쥬드! 정신 똑바로 차려!"

"허억, 정말 미치겠군. 이놈들이 기어다녀서 기척을 느끼기가 힘들어. 제길. 이거나 처먹어라!"

쥬드는 치호 덕에 다시 한 번 위기에서 벗어났지만 고맙다고 할 형편까지 되지는 못했다.

그 잠깐의 대화 사이에도 피켈라니온은 몰려들고 있었으니까.

'제길, 숫자가 너무 많아!'

방금 전까지만 해도 굴 안쪽으로 이동하며 숫자를 줄여가면 어느 정도 승산이 있어 보였지만 쥬드를 구하면서 퇴로가 막혀 버렸다.

사방이 피켈라니온으로 둘러싸여 퇴로가 눈에 보이지 않았다.

꾸루룩, 꾸루룩.

둘은 서로 등을 맞대고 쉴 새 없이 괴물을 쳐냈다.

쥬드도 점점 이 괴물에 익숙해져 가는지 치호처럼 한두 번의 도끼질에 한 마리씩 죽이지는 못했지만 그래도 대여섯 번 치면 한 마리정도는 잡아냈다.

이 정도만 해줘도 치호에게는 큰 도움이 되었다. 그나마 등 뒤쪽에서 공격당하는 빈도가 많이 줄었다.

하지만 쥬드가 선전하는 것도 잠시일 뿐 치호와 쥬드는 점점 지쳐만 갔다. 온몸은 녀석들의 이빨 자국이 나 있었고 그 위로 피가 멈추지 않고 흘렀다.

게다가 녀석들의 체액이 상처에 스며들어가 고통이 멈추질 않았다.

'제길, 틀렸나.'

치호는 죽여도 줄지 않는 녀석들의 숫자에 점점 희망을 잃어 갔다.

게다가 점점 도끼를 들고 있는 치호의 손아귀에 힘이 빠지기 시작했다.

처음에는 한 두 번의 도끼질이면 한 마리를 처치했지만 지금은 서너 번은 쳐야 녀석들을 처리할 수 있었다. 쥬드는 말할 것도 없이 쓰러지기 일보 직전이었다.

'쥬드, 미안하다. 제길.'

치호는 쥬드에게 미안한 마음이 들었다. 조금만 더 신경 써서 진입했으면 이런 일은 생기지 않았을 것 같았다.

작은 구멍이라도 하나씩 확인해 보고 왔으면 이런 상황은 마주하지 않았을지도 모른다.

통로가 열리기까지 얼마 남지 않았다는 압박감이 치호에게 빈틈을 야기했고 그 빈틈이 만든 것이 지금의 상황이었다.

"좀 그만 나와라! 이 씨팔."

두 일행의 끝은 얼마 안 남은 것 같아 보였다. 그럼에도 치호는 포기하지 않고 이를 악물며 기어 오는 피켈라니온을 처리했다.

눈앞에 괴물을 처리한 순간 지금까지 스킬 획득률이 조정된다는 메시지와는 다른 메시지가 떠올랐다.

〈투사의 발걸음 스킬을 획득하였습니다.〉

'스킬!'

치호의 눈이 번쩍 뜨였다. 어쩌면 이 스킬이 이 상황을 돌파해 줄 돌파구가 될지도 몰랐다.

"쥬드! 10초, 아니 5초만 혼자 버텨봐!"

"안 돼! 못 버텨, 이 자식아! 날 버리고 혼자 도망갈 생각이냐! 안 돼!"

"5초야, 잊지 마. 인벤토리!"

치호는 쥬드가 뭐라고 하든 인벤토리를 열었다. 무슨 스킬을 얻었든 확인을 해봐야 했다.

인벤토리 안에는 작고 푸른 구슬 하나가 들어 있었다. 그것을 꺼내려고 건드렸을 때 또 다른 메시지를 확인할 수 있었다.

〈스킬 투사의 발걸음을 습득하시겠습니까? 한번 익힌 스킬은

되돌릴 수 없습니다. 신중하게 생각하세요.)

치호는 떠오르는 메시지를 보고 되돌릴 수 없다는 문구에 잠시 망설여졌다.

자존심은 상하지만 고통을 감수하고 저 벌레 같은 놈들에게 한번 죽은 후 다시 되살아나 천천히 결정을 내릴까 하는 생각이 들었다.

하지만 그 생각은 오래가지 못했다. 오래 생각할 여유 자체도 없었고 이 녀석들에게 갈가리 찢겨 죽으면 되살아나는 시간을 예측할 수도 없다.

되살아나는 시간에 자칫 통로라도 열렸다 닫히면 영원히 이 필드에서 살아가야 한다. 게다가 그런 결정은 쥬드에게 너무 미안한 결정이다.

"지랄, 습득!"

그 순간 치호에게 새로운 감각이 느껴지고 힘이 차오르는 것 같았다.

아니 완전히 새로운 감각은 아니지만 어딘가 아련한 감각이었다.

〈최초의 스킬 습득! − 30분 동안 스킬을 사용할 때 드는 자원이 0이 됩니다.〉

〈스킬 변환 창을 사용할 수 있습니다.〉

〈투사의 발걸음 – 발동형〉

— 내용: 비달란의 투사 바르시가 전장에 나설 때 그의 발걸음 뒤에는 살아 있는 적들은 존재하지 않았으며 오로지 그의 족적만 이 남았을 뿐이다. 그를 기리는 투사들의 염원이 닿아 등록된 스 킬.

— 효과: 각력 +490%, 지속 시간 10초

— 소모 자원: 마력 3

— 숙련도: 0/10

'각력?'

스킬 설명을 대충 읽었다. 지금 한가롭게 메시지나 읽을 때 가 아니었다.

지금 이 순간에도 쥬드는 쓰러질 듯 말 듯 위태로운 상황이 었으니까.

'30분… 적응기라는 건가? 큭큭, 좋아.'

"투사의 발걸음!"

치호는 망설이지 않고 스킬을 외쳤다. 동시에 전신에서 무 엇인가 꿈틀하는 듯한 느낌이 듦과 동시에 그 힘이 다리로 모 이는 기묘한 느낌을 받았다.

"크악."

쥬드의 비명 소리, 더 이상 느낌이 어쩌고 하며 지체할 시간이 없다.

치호는 스킬을 제대로 파악하지 못했지만 그대로 쥬드의 등에 올라 타고 있는 괴물을 향해 쇄도했다.

'어?'

빠르다.

치호가 생각한 속도와는 차원이 다른 속도였다. 치호는 일순 균형을 잃을 뻔했지만 순식간에 괴물에게 도착하여 괴물의 머리와 몸통을 분리시켰다.

생각보다 쉽게 녀석의 몸이 절단되었다. 하반신이 강화되자 치호가 뻗어내는 공격도 얼마 간의 위력이 상승한 것 같았다.

'이런 식이란 말이지?'

치호의 다급하던 얼굴의 입꼬리를 살짝 씰룩이며 미소가 떠올랐다.

쿠드득, 파각!

피켈라니온의 단단하던 머리통이 치호의 발구름 한 번에 수박이 터지듯 터져 버렸다.

'킥킥, 좋아. 이제 사냥 시작이다.'

더 이상 피켈라니온은 치호의 적수가 되지 못했다. 다만 이제 문제가 되는 것은 오로지 시간일 뿐.

치호는 망설이지 않고 몸을 날렸다. 치호가 떠난 자리에는 그의 족적만 덩그러니 남아 있을 뿐이었다.

*　　　　　*　　　　　*

끄트득. 파각.

"후우. 끝났나?"

치호는 주변을 둘러보며 남은 괴물이 없는지 체크했다. 더 이상의 괴물은 나오지 않는 것 같았다.

쥬드가 한쪽 구석에 널브러져 얕은 숨을 쉬며 치호에게 물었다.

"끄… 끝난 거야? 쿨럭."

"그래. 정리된 것 같아. 후우."

치호는 쥬드를 보며 인상을 찌푸렸다. 팔다리를 가리지 않고 녀석들의 이빨 자국이 나 있었으며 얼굴 또한 성치 못했다.

여기저기 갈려나가고 살점이 뜯겨 나가 있었다.

"그럼 나… 이제 쉬어도 되는 거지……? 킥킥, 살긴 살았군.

제길, 이걸 여기서 쓰려고 가져온 게 아닌데……."

쥬드는 힘겹게 몸을 움직이며 인벤토리를 열어 자그마한 유리병을 꺼내더니 그 안의 내용물을 입에 털어 넣었다.

"끄으윽!"

쥬드는 고통스러운 신음을 내더니 이내 정신을 잃었지만, 상처는 빠른 속도로 아물어 가고 있었다.

"저게 포션 효과인가. 생각보다 대단한데? 아무튼 다행이 군. 휴."

상점에서 글로 본 포션 효과와 실제 포션 효과와는 큰 차이가 있었다.

얼마나 도움이 될까 싶었는데 저렇게 상처가 아무는 속도를 보면 효과가 뛰어난 것 같았다.

치호도 탈진이 올 만큼 지쳤기에 쥬드의 곁에 가서 벽에 기대앉았다.

그러고는 괴물을 내쫓는 모닥불을 피웠다. 이곳에서 얼마나 효과가 있을지 모르지만 없는 것보단 나을 것 같았다.

불을 피우며 생각보다 분발해 준 쥬드를 보았다. 그 덕에 무사히 전투를 무사히 마칠 수도 있었고 스킬도 얻을 수 있었다.

'이거 깨어나면 선물이라도 줘야 하나? 큭.'

탁탁.

쓸데없는 생각을 하며 불을 피우고 있을 때 점점 불꽃은 커져서 따듯하게 주위를 감쌌고 동시에 그림자가 조용히 피어올랐다.

단단한 암벽이 만들어낸 삐죽삐죽한 그림자가 일행 주위를 둘러칠 때쯤 한 쪽 구석에 희미한 어둠 사이로 유려한 곡선의 그림자가 보였다.

치호는 마치 그림자를 발견하지 못한 듯 자연스럽게 행동하며 천천히 무기를 점검했다. 동시에 최초 스킬 습득으로 인한 효과의 남은 시간을 확인했다.

'1분… 쯧. 저 정도 은신 능력이면 빠듯한데……'

"후우, 투사의 발걸음!"

치호는 재빨리 스킬을 시전하고 은신해 있는 인영의 주인에게 뛰어들었다.

까강.

치호가 단숨에 은신해 있는 인영을 향해 도끼질을 했지만 상대가 든 팔뚝만 한 길이의 무기에 의해 애꿎은 불똥만 튈 뿐이었다.

치호의 공격은 너무나 쉽게 막혀 버렸다.

'막아?'

"호오, 제가 있는 걸 용케도 찾아내셨네요? 꽤나 잘 숨었다고 생각했는데 말이죠."

치호는 재빨리 몸을 빼어 뒤로 한참을 물러섰다. 방금 교환한 첫 수가 너무 쉽게 막혔다.

스킬까지 사용했음에도 불구하고.

한줄기 땀방울이 치호의 뺨을 타고 흘러 내렸다.

"너 뭐야."

무미건조한 치호의 목소리. 이곳에 와서 인간을 상대로 기습 공격이 막힌 적은 처음이다.

상대는 아직도 어둠 속에 있었고 치호는 긴장을 한 채 상대를 불렀다.

어둠 속에서 한 인영이 천천히 걸어 나오자 주위를 비추는 모닥불이 상대를 서서히 드러냈다.

치호의 예상과는 달리 평범해 보이는 붉은 머리의 여자였다.

단지 양손에 쿠크리처럼 검신이 기묘하게 꺾인 형태의 검을 두 자루 들고 있을 뿐이었다.

'쌍검? 변칙기를 조심하면 되려나……'

치호는 머릿속에서는 단숨에 상대의 무기를 파악하고 전략을 세우기 시작했지만 그 생각은 오래가지 못했다.

'평범… 하다고?'

자신이 상대의 기량을 단번에 가늠하지 못한 것도 의아한 일인이다.

그런데 평범하다?

거점 같은 곳에서 만났으면 신경도 안 쓰고 지나칠 만큼 특이한 점을 찾을 수 없었다. 거기다 상대는 혼자. 치호가 늘 그랬던 것처럼 말이다.

순간 치호의 등골이 서늘해졌다. 이렇게 괴물들이 쏟아지는 곳에 혼자 왔다는 것 자체만으로 치호의 긴장감은 최고조에 달했다.

'후우. 까딱하면 여기서 죽겠는데.'

상황이 좋지 않을 때 의외의 적을 만났다.

치호가 긴장하며 상대를 주시할 때 낯선 여자는 검을 검집에 집어넣으며 치호에게 말했다.

"그쪽도 흔적을 따라온 거예요? 아니지, 아니지. 그럴 수가 없지. 음… 아저씨는 누구예요?"

혼잣말을 하다가 대뜸 묻는 물음에 치호는 무슨 이야기를 하는지 이해가 되질 않았다.

"흔적? 무슨 소리지?"

"에? 그것도 몰라요? 아고, 이거 붕붕 날아 다니기에 흔적을 따라온 줄 알았는데… 그럼 그냥… 테스터?"

순간 치솟는 살기.

치호는 무의식적으로 붉은 머리 여자를 향해 달려들었다. 살기에 의한 반사적 행동.

여자가 뿜어내는 지독한 살기에 생각을 끝마치기도 전에 몸이 먼저 반응했다.

이럴 땐 상대가 공격하기 전에 먼저 공격하는 것이 변수를 줄이는 방법이다.

"투사의 발걸음!"

30분 효과가 끝이 났는지 천천히 줄어드는 숫자가 새로이 치호의 눈앞에 보였다.

[10]

[9]

숫자가 줄어듦과 동시에 상대에게 도달한 치호는 공격을 날리려 했으나 붉은 머리 여자는 이미 치호의 품에 파고 들어와 있었다.

"성격 급한 아저씨네."

동시에 붉은 머리 여자는 가볍게 치호의 가슴에 손을 올리고 나지막하게 말하는 한마디.

"붕(崩)."

꿰뚫는 파열음도, 병기가 부딪히는 소리도 나지 않았으나 나지막이 말한 그 한마디의 효과는 처절했다.

마치 해머로 머리를 후려친 것 같은 어지럼과 동시에 내부 장기가 모두 뒤틀리는 듯한 고통이 치호를 엄습했다.

하지만 이대로 물러설 수는 없었다. 지금 물러서면 연격이 들어올 것은 뻔하니까.

치호는 있는 힘을 다해 쥐어짜듯 도끼를 휘둘렀다.

핏.

여자의 목덜미에 가느다란 핏줄기와 함께 머리카락 몇 가닥을 잘라냈을 뿐, 목을 양단할 기세로 내려친 것에 비해 경미한 성과였다.

동시에 치호의 눈앞에 메시지가 떠올랐다.

[에틸라반의 우울 ― 수호 효과 발동]
[남은 수명의 7년을 차감합니다.]

치호가 끼고 있던 〈에틸라반의 우울〉이 제대로 효과를 발휘했다.

충격을 해소시키지는 못했으나 죽음만큼은 확실히 막았다. 원래가 그런 아이템이었으니까.

"…버텨냈단… 말이죠? 곤란한데요."

"……"

치호는 목구멍까지 차오르는 구토감을 있는 힘껏 참아내느라 입조차 떼지 못했다.

지금 입이라도 벌리는 순간 피를 토할 것만 같았다. 여자는 천천히 검집에 집어넣었던 기묘한 검을 다시 꺼내려고 할 때 치호의 뒤편에서 기척이 들렸다.

"끄응. 치호 어디있… 누구냐!"

쥬드였다. 쥬드는 재빨리 몸을 추슬러 치호에게 달려왔다.

"2 대 1이라… 흐음? 곤란하네요. 뭐, 아저씨 재수가 좋네요. 그리고 그쪽이 먼저 공격한 거예요, 알죠? 나중에 복수니 뭐니 하기 없기? 그럼 안녕!"

붉은 머리의 여자는 자기 할 말만 마치고 그 자리에서 사라졌다. 마치 어둠이 그녀를 삼킨 것처럼.

치호는 여자가 사라지자 무릎이 꺾였다. 그리고 동시에 터져 나오는 구역질.

"컥컥. 그웩."

참았던 구토를 토해내자 까맣게 죽은피가 한 움큼 쏟아졌고 눈앞에 시야는 붉게 물들었다.

눈에서도 피가 방울져 떨어졌다.

적에게 이런 모습을 보일 수 없어 참았던 것이나 이제 참을 필요가 없었다.

"쿨럭, 이런… 또라이 같은 년……."

"이봐! 치호. 괜찮……."

쥬드가 뭐라고 치호에게 말했으나 대답조차 못하고 단지 여자가 사라진 방향으로 욕지거리를 하며 그대로 정신을 잃었다.

*   *   *

"이제 좀 정신이 드나?"

"끄응… 이거 시간이 얼마나 지났지?"

"이틀. 이틀 동안을 꼬박 누워 있더군. 난 죽은 줄 알았다니까? 휴, 정말 다행이야. 그나저나 대체 그 여자는 뭐야?"

치호는 정신을 간신히 차렸으나 아직도 머리가 흔들리는 것 같은 느낌이 들었다.

쥬드가 별말 않는 걸 보면 죽지는 않았던 것 같았다. 만약 그랬다면 쥬드가 곁에 없었을 테니까.

"몰라, 나도. 무슨 흔적이 어쩌고 하던데."

"허, 참. 인간 사냥꾼인가? 그 왜 있잖아. 아이템 노리고 습격하는 놈들 말이야."

"글쎄……"

치호는 쥬드의 물음에 확답을 내리지 못했다.

처음에 흔적 어쩌고 했던 것도 마음에 걸리고 그 정도 실력이면 굳이 인간 사냥을 할 필요조차 없을 실력이다. 인간 학살이라면 모를까.

게다가 스킬까지 사용했다. 그렇다면 더 이상 이 필드에 남아 있을 필요가 없었을 텐데 굳이 남아 있었다. 여러 가지로 이해가 되지 않는 여자였다.

'다음에 만나면… 그땐.'

붉은 머리 여자와의 전투를 되새기며 각오를 다졌다.

치호에게 있어 이런 굴욕은 정말 오랜만에 느끼는 감정이었다.

그 옛날 검성 혹은 검신이라 불리던 이들도 치호에게 무릎을 꿇어야 했지만 지금은 달랐다.

전투 감각은 만족할 만큼은 아니지만 조금씩 돌아오는 것 같은데 생각만큼 몸이 따라주질 않는다.

어서 빨리 몸을 최상의 상태로 만들어야 할 것이다. 쉽게 볼 여자는 아니지만 그 사이 자신은 더 강해질 자신이 있으니까.

치호가 주먹을 움켜쥐며 각오를 다질 때 쥬드는 그 속을 아는지 모르는지 말을 이었다.

"아무튼 자네가 정신을 차렸으니 다행이군. 어때, 몸은 움직일 만한가? 그러게 포션이라도 좀 챙겨올 것이지. 답답한 녀석."

쥬드가 치호를 타박했지만 별수 없었다. 그만한 실력자가 있는 줄 꿈에도 생각하지 못했으니까. 치호는 별다른 대답 없이 몸을 점검했다.

"뭐 아직 좀 어지럽긴 하지만 괜찮은 것 같군."

치호는 쥬드에게 대답하고는 얼른 일어나서 주변을 정리했다.

"좀 더 쉬는 게 어때?"

"시간이 너무 빠듯해. 얼른 출발하지."

"웅? 아직도 포기 안했나? 이거 원, 난 자네가 깨어나면 좀 쉬고 돌아가려고 했는데……."

"잔소리 말고 가지."

"강철 인간이야. 강철 인간. 정말 괜찮은 것 맞지?"

쥬드는 걱정이 되는지 고개를 절레절레 흔들면서도 치호를 따라나섰다.

치호는 여기서 포기할 수 없었다. 이렇게까지 고생했는데 여기서 멈춰 버리면 말 그대로 고생만 하다가 가는 것, 그럴 순 없다.

*　　　　*　　　　*

치호와 쥬드는 안쪽으로 더 들어갔다. 깊이 들어갈수록 강한 괴물이 나오지 않을까 했지만 생각보다 괴물이 나오는 빈도는 낮았다.

오히려 안쪽으로 들어갈수록 괴물들이 나오지 않는 걸 보면 아마 키테그람의 영역에 들어선 듯했다.

"거의 다 온 것 같은데."

"으… 이거 긴장되는데? 어쨌든 서두르자고, 이제 통로가 한 번 밖에 남지 않았어. 만약 여기 없으면 포기하고 돌아가야 해."

쥬드가 치호에게 당부의 말을 할 때 무언가 발견한 듯 걸음을 멈추었다.

치호의 눈에 투박한 제단처럼 보이는 것이 하나 눈에 들어왔고, 그 위에 둥근 물체가 덩그러니 놓여 있었다.

'저건가?'

동굴에 난데없이 제단이라니. 치호는 어이가 없었지만 조심스레 그 제단 위로 올라섰다.

제단은 얼마 높지 않았지만 그 주위로 뭔가 그림이 그려져 있었다.

"치호, 이것 좀 봐. 그림들이 이거… 이게 설마 키테그람인가?"

치호는 그림속의 괴물을 보니 주인공은 키테그람인 것 같았다. 새끼가 성체가 되면 저런 모습으로 자라는 것 같았다. 그림의 내용을 살펴보니 대충 키테그람이 도시에 쳐들어왔고 누군가가 키테그람에 맞서 싸운다.

그 이후 주위로 사람들이 모여들고 키테그람을 죽인 이가 어디론가 사라지는 듯한 내용의 그림이었다.

'뭐 신화 같은 내용인가? 그래서 알을 여기다 올려놓고 알이 깨어나면 다시 그가 돌아올 거라고? 이쪽 세상이나 저쪽 세상이나 사람이 생각하는 건 비슷하군. 쳇.'

뭐 대단한 것이 있을 줄 알았으나 특별해 보이는 것은 없어 얼른 알을 챙겨 인벤토리 안에 넣었다. 알은 족히 1m는 되어 보여 어떻게 들고 갈 생각이 들지 않아 인벤토리에 넣었다.

"쥬드, 쓸데없는 데 신경 쓰지 말고 얼른 돌아가지."

"어? 그래. 이제 돌아가기만 하면 성공이구만. 휴, 집념의 사나이군 자네. 하하하."

쥬드가 기분이 좋은지 농담을 건네며 소리 내어 크게 웃었다.

크르르륵.

그 순간 어떤 하울링 소리가 둘 사이의 대화를 비집고 들어왔다.

그와 동시에 천장이 찢어져 내렸다. 아니 정확하게 말하면 두 사람의 머리 위 허공이 엄청난 진동과 함께 상처가 난 듯 틈이 벌어졌다. 그리고 그 틈 사이로 붉은 눈알이 두 사람을 분노에 찬 모습으로 조용히 내려다보고 있었다.

"쥬드……."

움직임을 최소한으로 줄이며 조용히 쥬드를 불렀다. 아무런 응답이 없는 쥬드는 괴물의 눈을 보고 몸이 굳어버린 것 같았다. 그 모습을 보고 치호는 크게 외쳤다.

"뛰어!"

제7장
해결사 메이

괴물의 포효가 정신을 흔들었다. 그리고 키테그람의 새끼가 그랬던 것처럼 그 좁은 허공의 틈을 비집고 녀석의 공격이 떨어졌다.

　　새끼는 불덩이를 토해냈지만 이 녀석은 달랐다. 뭔가 진득한 액체가 쥬드를 향해 떨어져 내렸다.

　　'제길.'

　　"투사의 발걸음!"

　　치호의 거친 부름에도 대답하지 않고 온몸이 굳은 것마냥 멍하니 서 있는 쥬드에게 달려갔다.

괴물의 공격이 쥬드의 머리 위에 거대한 그림자를 만들어 냈을 때 치호는 쥬드를 거칠게 밀쳐냈다.

치이익.

"어어……."

"정신 똑바로 차려!"

방금 전까지 쥬드가 있던 곳의 바닥이 하얀 연기를 뿜어내 며 녹아내렸다.

저 자리에 있었으면 뼈도 못 추린 채 한 줌의 핏물이 될 뻔 했다.

간신히 피한 녀석의 공격을 뒤로하고 쥬드의 뺨을 갈겼다. 그제야 쥬드는 정신이 좀 돌아오는 것 같았다.

"저게 키테그람의 어미? 도… 도망가자!"

"상대할 마음도 안 드는군, 제길."

퀘스트 내용에 격리 어쩌고 한다더니 그 격리를 찢고 나오 는 듯했다.

'격리라고해서 뭔 철창 같은 데다 넣어둔 줄 알았더니. 이 건 뭐, 참… 씨팔.'

이런 식으로 녀석이 튀어나올 줄은 몰랐다. 치호는 더 이 상 이 장소에 있고 싶지 않아 얼른 쥬드와 함께 출구 쪽으로 뛰었다.

그 사이에도 허공의 틈은 강한 진동을 동반하며 조금씩 찢어지고 있었다.

크와아악!

등 뒤로 녀석의 포효가 들렸지만 무시하고 걸음을 재촉했다.

녀석이 저 거대한 몸으로 언제 공간을 완전히 찢고 빼낼지 모르니까.

*   *   *

돌아오는 길은 힘들지 않았다. 처음 길을 가면서 괴물들을 차근차근 정리하면서 왔던 탓인지 괴물의 습격도 많지 않았다.

다만 지하의 굴을 완전히 빠져나오기 직전 흔들리던 굴이 진동을 완전히 멈추었다는 사실이 치호를 불안하게 했지만 어차피 굴도 빠져나왔고 알도 챙겼으니 더 이상 신경 쓰지 않기로 했다.

"휴, 그런 게 있다니. 정말… 어서 이 필드를 벗어나야겠어. 다음 필드는 좀 살 만한 곳이겠지?"

"뭐, 그러길 바라야지."

둘은 거점으로 돌아가는 길에 이런저런 이야기를 나누며 걸음을 이어갔다.

사냥할 마음도 별로 들지 않아 괴물이 나와도 적당히 피할 수 있으면 피해갔다.

어차피 스킬도 얻었고 다음 통로가 열리기까지 시간이 얼마 남지 않아 서둘러야 했으니까.

'그러고 보니… 변환 창? 이랬던가?'

치호는 예전에 떠오른 메시지를 다시 한 번 살피기 시작했다. 스킬을 얻으면서 뭔가 쓸 수 있다고 했던 것이 기억났다.

(스킬 변환 창을 사용할 수 있습니다.)

예전 메시지를 돌려보며 원하던 메시지를 찾았다. 당시에 정신이 없고 너무 급박한 상황이라 제대로 보지 못해 잊고 있다가 조금 여유로워지니 다시금 생각이 났다.

'흠. 이건 어떻게 하는 거지?'

"스킬 변환… 스킬 변환 창!"

두어 번 외쳐보다 보니 처음 보는 창 하나가 떠올랐다.

[스킬 변환 창 − 당신의 경험과 노력을 관련 스킬로 변환시켜

드립니다. 노력과 경험의 시간은 배신하지 않는 법, 당신의 영혼에 각인된 경험과 노력의 기억을 통해 다양한 스킬을 얻을 수 있습니다. 변환 시간은 해당 경험의 종류에 따라 다를 수 있으니 참고하세요.]

'또 뭘 시키려고 이렇게 설명이 길어……'

치호는 스킬 변환 창의 설명이 장황하자 어딘지 모르게 불안했다.

설명이 길게 나올 때마다 좋은 기억이 없이 고생만 했으니 자연스럽게 거부반응이 들었다.

게다가 노력이니 경험이니 하는 뜬구름 잡는 소리에 불안감이 더 커졌다.

하지만 그 아래 표시된 항목을 보자 그제야 불안감이 해소되는 듯했다.

〈변환 가능 경험 항목〉

― 검술〈숙련도 MAX〉, 창술〈숙련도 MAX〉, 추적술〈숙련도 MAX〉… 생존술〈숙련도 MAX〉, 암살술〈숙련도 MAX〉… 요리〈숙련도 MAX〉… 대장기술〈숙련도 MAX〉, 정신단련〈숙련도 MAX〉, 연금술〈숙련도 MAX〉, 연단술〈숙련도 MAX〉… 선동술〈숙련도

MAX〉, 용인술〈숙련도 MAX〉… 해체술〈숙련도 MAX〉, 의술〈숙련도 MAX〉…….

　치호의 변환 가능 경험 항목은 끝날 줄을 몰랐다. 전투 관련 항목에서부터 신변 잡기한 것 까지 없는 것이 없어 보였다.

　오랜 시간을 살아오면서 직접 배우고 싶어서 배운 것도 있지만 배우지 않아도 자연스레 깨닫게 되는 기술까지 거의 모든 경험이 치호의 항목에 떠올랐다.

　'…그런가.'

　치호는 마구 떠오르는 항목을 보고 기뻐하지 않았다. 만약 누군가 이런 항목을 가졌다면 기뻐했을지 모르지만 치호는 아니었다.

　그저 씁쓸한 마음만 들 뿐이었다. 각 항목을 볼 때마다 그 경험의 기억이 떠올랐다.

　행복했던 기억, 괴로웠던 기억, 아련한 기억, 추악했던 기억, 힘들었던 기억까지.

　다만 행복했던 기억조차도 당시 함께 행복을 나누었던 이들이 그리워 씁쓸한 기억으로 회상될 뿐이었다.

　'쯧, 괜히 기분이 처지는군…….'

　항목들을 보고 있자니 처지는 기분이 들었다. 이 감정에 계속 빠져 있어선 곤란할 것 같아 뭐든 선택해 보기로 했다.

'더 보고 있다간 안 되겠어. 일단 지금 필요한 것부터 해볼까.'

치호는 수많은 항목 중 도끼술을 선택했다. 지금 사용하고 있는 것이 도끼이기도 했고 다른 걸 찾다가는 우울한 기분에 빠져 한참을 허우적댈 것 같아 얼른 골랐다.

[도끼술을 선택하셨습니다. 관련 항목이 있습니다. 경험을 병합하시겠습니까?]

— 관련 항목: 검술, 창술, 단검술, 비검술, 투창술, 쌍검술, 철퇴술, 암기술……

도끼술 하나를 선택했지만 숙련도가 높아서인지 관련 항목이 마구 떠올랐다.

'하긴, 뭐 비슷하긴 하지.'

치호는 어느 정도 납득했다. 그리고 한 번 할 때 이런 식으로 경험을 합쳐서 변환하는 것이 좋을 것 같았다.

시간이 얼마나 걸릴 줄은 모르겠지만 저 수많은 경험들을 하나씩 스킬로 바꾸기에는 엄두가 나질 않았다.

"병합."

[경험이 병합되어 스킬로 전환합니다.]

[변환률 1%······.]

간단한 메시지와 함께 스킬 변환창이 사라졌다. 변환률만 치호의 시야 한 구석에 조그맣게 자리 잡았다.

'뭐, 언젠가 되겠지. 저게 없다고 내가 도끼를 못 쓰는 것도 아니고······.'

치호는 신경을 안 쓰기로 했다. 공짜로 스킬을 준다는데 거부할 필요도 없고 게다가 경험에 의한 스킬 변환이란 것이 그다지 믿음직스럽지 못했기 때문이다.

"뭘 그렇게 비 맞은 중처럼 중얼거리고 있는 거야? 다 왔어, 거점이야. 드디어 끝나는군. 제길. 퀘스트 하나가 이렇게 힘들 줄 알았나? 그래도 보상은 기대해도 되겠지? 하하하."

통로의 횟수가 1회밖에 남지 않아 서둘러 왔더니 늦지 않고 거점에 도착했다.

쥬드는 퀘스트가 힘들었던 만큼 보상이 높을 것이라 한껏 기대에 들뜬 모습이었다.

"둘이 했다고 보상이 많이 떨어지거나 하지 않겠지?"

"조금 떨어질지도······. 뭐 그래도 난이도가 이렇게 개떡 같은데 줄어봐야 매직 급은 주지 않을까? 그 이상은 글쎄······."

치호의 물음을 쥬드가 받으며 신전을 향해 걸음을 재촉했다. 멀게만 느껴졌던 퀘스트 보상이 코앞이었다. 신전에 들어서자 눈앞에 메시지가 떠올랐다.

[여신님의 심부름 — 키테그람의 알 수호 — 완료]

— 견습 테스터의 신분으로 훌륭히 심부름을 완료하였습니다. 당신에게 닥친 위험을 무릅쓰고 키테그람의 종을 수호하는데 큰 기여를 하였습니다. 종의 수호를 이루어 낸 당신께 그에 합당한 보상을 드립니다.

—기여도: 황치호 72%, 쥬드 28%

〈퀘스트 보상 — 매직 등급 장비〉
〈매직 급 장비를 획득하셨습니다.〉
〈기여도 [S] — 칭호 획득〉
〈'종의 수호자' 칭호를 획득하였습니다.〉
〈미지정 포인트 +5 획득하였습니다.〉
〈키테그람의 흉포(3)를 획득하였습니다.〉

보상은 생각했던 것보다 후하게 지급되었다. 운명 어쩌고 하더니 그에 걸맞게 보상이 좋았다.

거기다 미지정 포인트까지 지급되었다. 치호가 보상 목록을 확인하고 안도의 한숨을 내쉬었다.

"후, 드디어 끝났군……."

"하하하! 첫 번째 필드에서 미지정 포인트라니 대단한데? 거기다 매직 아이템까지……. 휘유, 고생한 보람이 있어. 안 그런가?"

"그래. 대단하군."

서로 보상된 항목이 조금 다른 것 같았다. 아마도 기여도 때문에 차이가 생긴 것 같았지만 굳이 쥬드에게 말하지 않았다.

지금 쥬드의 기쁘게 들뜬 저 표정을 보고 있자니 '칭호와 키테그람의 흉포란 아이템도 있지'라고 말할 수는 없었다.

"이제 이곳을 벗어나는 일만 남았어. 내일이면 자네와도 마지막이 될지 모르겠군.

뭐 자네라면 어딜 가서든 잘 해내겠지만. 하하하. 아무튼 내일 보자고, 무슨 일이 일어날지 모르니까 준비 단단히 하고 오는 게 좋을걸?"

"누가 누굴 걱정해야 할지 모르겠군. 아무튼 준비까지 마치려면 시간이 빠듯하니 내일 보지."

치호는 피식 웃으며 쥬드의 말에 답하고 신전을 나왔다.

'드디어 이 필드를 빠져나가나…….'

다음 필드가 어떤 곳일지 딱히 걱정되지는 않았지만 그래도 준비해야 할 것은 많을 것 같았다.

쥬드의 말대로 무슨 일이 일어날지 모르기 때문에 준비는 철저히 해야 할 것이다.

치호는 신전을 뒤로하고 상점을 향해 발걸음을 옮겼다.

치호는 상점에 가면서 먼저 보상으로 얻은 것들을 살폈다. 먼저 자신이 가진 것부터 파악해야 모자란 것을 채울 테니까.

"종의 수호자?"

〈칭호 ─ 종의 수호자〉

─ 스스로의 안위보다 타 종을 위해 희생하여 멸종을 막아 종의 수호를 이루어낸 자.

─ 특수 효과: 마력 +15, 저항력 5%

치호는 이번에 얻은 칭호가 마음에 들었다. 스킬을 얻은 후로 마력을 미지정 포인트로 올리는 것에 대해 고민하고 있었는데 적당한 때 마력 포인트가 올랐다.

거기다 저항력이라는 덤까지 붙어 있으니 마음에 쏙 들었다.

'쓸 만해. 칭호는 두 가지 특수 효과가 붙기도 하나? 의외로 매직 아이템보다 칭호가 쓸 만할 수도 있겠는데……'

만약 칭호만 싹쓸이할 수 있다면 매직 아이템보다 쓸 만할 것 같았다.

아무래도 아이템은 분실이나 파손의 위험이 있지만 칭호는 그런 것이 없기 때문이다.

'뭐, 그래도 아직은 아이템이 좋긴 좋지.'

"인벤토리."

〈탐험가의 무늬 대퇴갑 ― 매직 등급〉

―방어력: 142

―탐험을 즐기는 이들을 위해 만든 대퇴갑으로 어떤 상황이라도 빠르게 움직이고 은신에 최적화된 카무플라주 무늬가 특징.

―특수 효과: 민첩 +25, 이동 속도 +7%

―내구도: 43/43

아이템을 보고 좋아해야 할지 조금 미묘했다.

눈에 띄는 장비는 지양하던 치호로서는 무늬가 조금 거슬리기도 하고 이동 속도 대신 뭔가 다른 것이 붙었으면 하는 마음이 들었다.

하지만 아쉬워도 지금 입은 사슬 다리 보호대보다는 좋은 것이니 불만을 토할 수는 없었다.

'뭐 어쩔 수 없지. 미지정 포인트도 이제 50이군. 다음 필드에 넘어갈 쯤이면 결정을 내려야 할 때인가……'

더 이상 포인트를 모으는 것은 미련하게 느껴졌기 때문에 다음 필드에 가면 정보를 모아 포인트를 정리하기로 마음먹고 마지막 남은 아이템을 살폈다.

〈키테그람의 흉포(소비) — 3개〉

— 효과: 스테이터스 10분간 100% 상승.

— 내용: 키테그람의 흉포한 모습을 본 따 만들어진 아이템으로 복용 시 모든 신체 스테이터스가 100% 향상됩니다. 다만 키테그람의 흉포함을 그대로 본 따 만들었기 때문에 지속 시간 이후에도 정신을 온전히 유지하기 힘들 수 있습니다. 심신이 미약하신 분들은 복용을 피해주시기 바랍니다.

'뭐야, 이건. 정신을 유지하기 힘들다고? 마약같은 건가? 심신미약이라…. 10분간 100%면 언젠가 쓸 일이 있을 수도……'

아이템의 내용이 좀 불안하기는 해도 치호 스스로 자신이 있었기에 언젠가 쓸모 있을 것 같았다.

치호는 아이템 점검을 마치고 상점으로 들어가 내일 필요한 물품을 구매하기 시작했다.

이번에는 회복 포션도 한 병 구매했다. 쥬드가 사용하는 것을 보니 쓸 만한 것 같아 잊지 않고 구매했다.

치호가 필요한 물건을 꼼꼼히 점검해 상점을 나왔을 때는 이미 해가 저물어 가고 있었다.

'준비도 얼추 마친 것 같고… 정말 이 필드에서의 마지막 저녁이군.'

치호는 잠시 감상에 빠져 저무는 해를 감상하다가 서둘러 쉼터로 돌아갔다. 내일을 위해 푹 쉬어둘 필요가 있다.

*   *   *

"여기야! 여기."

쥬드가 신전 앞 중앙 광장에 몰려든 인파 사이에서 치호를 불렀다.

모여든 사람들의 정체는 아마도 다른 필드로 넘어가기 위해 모인 인원 같았다. 어디서 이렇게 몰려왔는지 생각보다 많은 인파였다.

'내가 너무 사냥만 다녔나……'

사람들이 이렇게 많은 줄 알았으면 좀 더 거점에서 생활하면서 천천히 레벨을 올리는 것도 나쁘지 않아 보였다.

인파가 몰리자 광장은 시장 바닥처럼 변모하여 불안한 얼굴로 삼삼오오 짝을 지어 움직이는 인원, 통로가 열리기만을 기다리는 인원 등이 쉬지 않고 떠들어대고 있었다.

인파를 구경할 때 쥬드가 치호의 어깨를 툭 치며 말했다.

"뭘 그렇게 정신을 놓고 있나? 으… 여기 사람이 너무 많군. 아직 통로가 열리려면 시간이 남았으니 좀 빠져 있자고."

"그래. 어디 가 있을 곳이라도 있나?"

"저쪽에 식당이 있으니 저쪽에서 밥이라도 먹지. 마지막 만찬이 될지도 모르잖아? 하하하."

쥬드는 호탕하게 웃으며 치호를 이끌었다. 치호도 요즘 제대로 된 식사를 하지 못해 쥬드의 제안이 끌려 못이기는 척 따라갔다.

음식점에 도착한 치호와 쥬드는 통로가 보이는 창 측의 구석에 자리 잡아 요리를 주문했다.

"음식점도 있었군."

"뭐 모두가 저 통로를 목표로 하진 않으니까……. 어찌 보면 당연하기도 하고 쓸쓸한 이야기이기도 하지."

"그런가… 하긴 통로를 지난다는 것 자체가 모험이 될 수 있으니까."

"그래, 어쩌면 이들이 옳은 결정을 한 건지도 몰라. 자네나 나나 이런 곳을 견딜 수 없는 종자들을 제외하고는 말이지. 하하하. 뭐 먹자고 일단. 마지막 만찬인데 즐길 수 있을 때 즐겨야지."

치호와 쥬드는 사냥 이야기나 통로에 관한 예측 등 영양가 없는 이야기를 하며 음식을 즐겼다. 치호도 간만에 제대로 먹는 음식이라 만족스러웠다.

"자, 이제 슬슬 일어나지."

음식이 어느 정도 바닥을 보이고 광장의 인원들이 점점 줄어드는 것을 보니 통로가 열려 사람들이 하나씩 빠져나가고 있는 것 같았다.

치호는 서둘러 일어나려고 몸을 일으키는 순간 머리가 핑하고 도는 듯한 어지럼증을 느꼈다.

'어?'

치호가 현기증 때문에 주춤거리며 테이블을 붙잡고 섰을 때 쥬드가 한숨을 쉬며 말했다.

"휴, 다행이야. 음식이랑 섞여서 효과가 없나 싶었는데… 약발이 이제야 좀 도는 모양이군. 포션을 먹어도 소용없을 거야. 내가 직접 특별 레시피로 만든 약이거든."

쥬드는 물수건으로 손을 닦으며 무심한 듯 이야기를 이어갔다.

"그러고 보면 악연은 악연이야. 처음 만났을 때부터……."

치호의 얼굴에 의아한 낯빛이 떠올랐다.

"좀 긴 이야긴데 들어볼 텐가? 뭐 지금 자네는 대답도 못하 겠지만. 하하하."

쥬드의 웃음소리에 치호는 머리가 울려 더 이상 서 있을 수 없어 바닥에 주저앉았다.

"처음 널 만났을 때가 기억나는군. 괴물들을 사냥하는 자 네 모습이란… 사람이 맞나 싶었다니까? 그것보다 놀라운 건 자네가 죽지 않는다는 걸 봤지. 아니 죽어도 다시 살아나는 널 말이야. 그때의 충격은 정말……."

쥬드가 고개를 절레절레 흔들며 이야기를 이어갔다.

"마치 동족을 만난 듯한 기분이었어. 음… 자네는 좀 달랐 으려나? 하긴 내가 이런 존재인 걸 몰랐을 테니까. 어쨌든 그 이후로 한동안 자네와 함께 지내면서 서로의 등을 봐주는 사 이가 됐지. 그런데 말이야. 달라도 너무 달라. 나는 좀 더 강 해지고, 그리고 이곳을 지배하고 싶었지만 자네는 언제나 죽 고 싶어 했어. 큰 힘을 가지고 있으면서도 어떻게 하면 죽을 수 있을까 그것만 고민했지. 네가 가진 힘이면 내가 그토록 바라던 것을 가질 수 있음에도 불구하고 넌 마치 날 어린애

취급하듯 대하더군. 결국엔 반발하다가 내 목이 떨어졌지. 여기까진 그냥 그렇고 그런 재미없는 이야기, 안 그래?"

치호는 쥬드의 이야기를 듣고 혼란에 빠졌다. 도저히 무슨 소리를 하는지 이해가 되지 않았다.

미소와 함께 만난 것이 첫 만남인데 도대체 무슨 소린지 납득이 되지 않았다.

"아직도 이해가 안 되나? 그럼 이야기를 더 해주지. 그 이후에 난 다시 시작했어. 처음부터 말이야. 그리고 매번 너에게 대적했지. 어차피 자네가 있는 이상 내가 원하는 그림은 완성이 되질 않았으니까. 그 와중에 몇 번이나 널 죽였는데 결국 넌 내게 돌아와 내 목을 치더군. 어쩌나 허무하던지."

"회… 회귀……?"

치호는 갈라지는 목소리를 간신히 쥐어짜 말했다. 점점 몸에 힘이 빠져나가 눈을 뜨기도 힘겨웠다.

"그래, 맞아. 내가 바로 네 퀘스트에 나온 회귀자야. 결국 자네랑 계속 엮이니 그쪽에서도 눈치챈 것 같더군. 제길. 그 딴 걸 퀘스트라고 주다니. 더러운 녀석들."

'쥬드가 회귀자라고?'

치호는 머릿속에서 지난날의 쥬드를 회상했다.

첫 만남에서 자신을 보았을 때 쥬드의 표정부터 때마침 신전에서 만난 것까지, 그리고 중간중간 섞었던 그와의 대화.

없이 많은 신호가 있었다. 그런데도 그걸 그냥 지나쳤다. 치호는 그저 병신 같은 퀘스트라며 툴툴거렸던 자신이 멍청하게 느껴졌다.

퀘스트의 내용조차도 자신에게 경고를 주고 있었음을 이제야 깨달았다.

"그런 표정 지을 것 없어. 아무튼 넌 죽이고 또 죽여도 다시 내 앞에 나타나 내 목을 치더군. 그래서 생각을 달리했지. 죽일 수 없으면 격리시키기로. 내 활동 무대로 올라오지 못하도록 말이야."

쥬드가 자리에서 일어나 짐을 챙기며 천천히 치호에게 다가왔다.

"그때부터는 뭐 지루한 역추적이 시작됐지. 다시 시작하고 너를 찾다가 없으면 또 다시 시작해서 또 너를 찾고. 한 필드씩 역으로 너를 추적해 왔지. 그러다 결국 시작의 필드 발보아에서 짜잔! 이렇게 너를 발견한 거지. 그 이후엔 너도 알다시피 쭉 때만 기다려 왔지. 약 만드는 것도 빠듯했다니까. 하하하. 어때 이 정도면 나도 집념의 사나이 아냐?"

더 이상 앉아 있을 수도 없어 쓰러진 채 얕은 숨만 내쉬고 있는 치호에게 다가와 뺨을 툭툭 때리며 말을 이었다.

"뭐 그래도 이번 삶은 느낌이 좋아. 제일 큰 걸림돌인 너도 이렇게 처리했고 발화광 클레이, 투 페이스 미소까지 이 발보아에서 시작했을 줄은 몰랐거든. 발보아에 뭐가 있나? 같은 시기에 한 장소에서 신성이 셋이나 출현하다니… 아무튼 좋은 인상을 줬으니 나중에 쓸 만하겠어. 아쉬운 점이 있다면 키테그람의 둥지에서 추종자 메이하고 관계를 만들지 못했다는 것? 하여튼 그년은 종잡을 수가 없다니까."

쥬드는 더 이상 할 말이 없다는 듯 미련 없이 자리에서 일어났다.

"이크, 말이 너무 많았군. 통로가 닫히겠어. 이제 떠날 시간이군. 자네가 일어날 때쯤이면 통로가 닫혀 있겠지. 하하하. 이제 발보아의 주민으로서 견습 테스터의 발이나 핥으며 영원히 살아 보라고. 난 이제 네가 없는 새로운 내일을 위해 준비할 테니까. 하하하하."

쥬드는 크게 웃으며 일말의 고민도 없이 등을 돌려 천천히 통로를 향해 걸었다.

"쥬… 드……."

치호가 정신을 잃기 전 눈에 비친 마지막 모습은 쥬드가 통로 안으로 들어가는 모습이었다.

*   *   *

"이봐! 여기가 무슨 여관인줄 알아?"

식당 주인이 치호를 흔들어 깨웠다. 얼마나 정신을 잃고 있었는지 날은 이미 저물어 있었다.

치호는 정신이 들자마자 다른 생각을 할 겨를도 없이 광장을 향해 달렸다.

"저놈이! 하여간 요즘 놈들 싸가지 하고는……."

치호의 등 뒤로 식당 주인이 뭐라고 하는 듯 했으나 그런 소리 따위 신경 쓸 겨를이 없었다.

'제발, 제발…….'

누구에게 하는 소리인지 치호는 속으로 제발이란 단어만 연신 외치며 통로가 열리는 자리로 이동했으나 치호를 반기는 것은 꽉 막힌 통로뿐이었다.

통로가 열려 있을 때는 그토록 밝게 빛나 사람을 유혹하던 통로가 지금은 마치 무너져 내린 것처럼 꽉 막혀 있었다.

"하……."

치호는 그 자리에 주저앉아 허탈한 한숨만 내쉬었다.

'아니야……. 아니겠지… 아닐 거야.'

아무것도 없는 이 황량한 벌판 위 초라한 거점에서 영원히 살아야 한다는 생각 때문인지 이 상황을 도저히 믿을 수가 없었다. 아니 인정할 수 없었다.

하지만 치호의 눈앞에 떠올라 있었던 메시지는 치호를 더욱더 절망에 빠뜨렸다.

[거점 주민의 자격]

내용: 발보아의 주민으로 완전히 등록되기까지 7일 남았습니다. 그 사이 견습 테스터들에게 도움이 될 직업을 찾아 주민의 자격을 획득하세요. 앞으로 여러분들은 견습 테스터를 돕고 그에 대한 대가를 받아 생활하게 됩니다. 7일 내 직업을 찾지 못하면 주민의 자격이 없는 것으로 간주, 거점에서 추방됩니다.]

"큭큭큭… 주민의 자격?"

치호는 웃음이 났다. 죽었던 사람을 허락도 없이 데려와 테스터니 뭐니 하면서 굴리다가 이제는 주민의 자격을 갖추어 그들을 도우며 살란다.

아주 제멋대로인 코미디다. 너무 지루하고 재미없는 코미디.

"웃기지… 마……."

나지막하게 중얼거렸다. 하지만 이미 어두워진 광장에 치호의 말을 받아줄 사람은 아무도 없었다.

치호는 어둠에 잠긴 광장에서 넋이 나간 사람처럼 멍하니 앉아 수없이 많은 생각을 했다.

처음엔 쥬드에 대한 분노가 치밀어 올랐지만 이내 그 분노는 이곳에 자신을 끌고 온 녀석에게로, 그리고 이 기묘한 장소를 만든 놈으로 점점 그 대상이 바뀌기 시작했다.

쥬드라는 복수의 대상을 쫓아가 처단할 방법이 떠오르지 않자 끝모를 분노는 갈 길을 잃고 방황했다.

갈 길 잃은 분노가 치호를 잠식했을 때 문득 머릿속에 떠오르는 생각 하나.

'죽… 일까?'

단편적으로 떠오른 그 생각은 살을 붙여 구체화되기 시작했다.

'모조리.'

점점 구체화된 치호의 생각은 희망으로 굳어지기 시작했다. 이곳을 다시 벗어날 수 있는 희망으로.

'그래! 모조리 죽이는 거야. 이 필드에서 살아 숨 쉬는 녀석이 없도록 한 놈도 남김없이. 죽이고 또 죽이다 보면 이곳을 만든 놈이 나타나지 않겠어? 애써 만든 곳을 망치기 싫다면 말이야……. 큭큭, 맞아. 왜 그 생각을 못 했지? 시간이 얼마가 걸리든 모조리 죽인다면…….'

믿을 수 없는 현실에 치호의 생각은 점점 막장으로 치달았지만 스스로 그것을 제어할 방법이 없었다.

사람들을 모조리 죽일 생각을 하자 치호의 머릿속은 점점 맑아지는 것 같았다.

그리고 머리가 맑아지는 듯한 기분이 들자 자신의 생각을 실현할 방법이 수백, 수천 가지가 떠올랐다.

지난 기억을 털어보면 다양한 방식으로 학살을 일으킨 녀석들은 수도 없이 많았으니까.

'일단은 가볍게 파이부터 쪼개볼까? 큭큭.'

광장에 모였던 인원수만 해도 꽤 되는 것 같으니 일단 사람들을 선동해 두 패로 나누는 것부터 시작하면 쉬울 것 같았다.

불안한 사람들은 믿고 싶은 것만 믿으니까.

*　　　　*　　　　*

치호가 앞으로의 계획에 대해 어느 정도 가닥을 잡았을 때는 벌써 동이 터오고 있었다.

계획을 세우느라 지난밤을 꼬박 지새웠지만 밝아오는 하늘이 비춘 치호의 얼굴에는 더 이상 절망의 표정 따위 없었다.

얼핏 희미한 미소가 떠오른 것처럼 보이기도 했다.

'앞으로 6일. 추방이라는 게 걸리는데… 시간이 부족해.'

치호가 세운 계획에 있어서 거점에서 추방을 당하게 되면 곤란한 일이 너무 많았다.

일단 내부를 뒤집어놓고 그 다음 외부에서 차근차근 일을 벌여 나가야 하니까.

'일단 직업이라도 얻어야 하나……. 제길.'

자신이 세운 계획이지만 그 계획 자체가 누군가에 의해 끌려 다니는 것 같은 느낌에 치호는 짜증이 치밀어 올랐다.

오랜 삶을 사는 동안 누군가에게 끌려다닌 기억이 몇 없는 치호에게는 아주 불쾌한 기분이었다.

짜증을 가슴 한 구석에 묻고 자리를 털고 일어나려 할 때 신전 옆 판잣집 구석에서 자신에게 쏟아지는 낯익은 기척이 느껴졌다.

'이 기척은… 그때.'

치호는 기척을 느꼈지만 모르는 척하며 기회를 노리다가 일순 그쪽으로 튀어나갔다.

콰직.

"누구야!"

"우왓!"

치호가 기척의 주인을 제압하려고 날린 공격은 애꿎은 낡은 판잣집의 벽만 부수었을 뿐 상대에게 피해를 주진 못했다.

하지만 일단의 공격이 기척의 주인을 드러내는 데에는 성공했다.

기척의 주인이 모습을 드러냈다.

그 기척의 주인은 여자였다. 붉은 머리카락을 가진.

"아저씨, 어차피 거점 안에서 공격해 봐야 무의미한데 서로 간에 힘 빼지 말죠?"

"너 뭐야. 왜 날 따라다녀."

"아니, 따라다니긴 누가 따라다녀요? 세상이 자기중심으로 돌죠? 참내."

치호는 어이없는 여자의 발뺌에 뭐라 대답할 수 없어 가만히 바라만 보고 있자 여자가 말을 이었다.

"솔직히 통로가 닫힌 날 그 앞에서 나라 잃은 표정 짓고 있는 사람이 지금까지 아저씨 혼잔 줄 알아요? 에이, 간만에 고객인줄 알고 왔더니……."

"고객?"

"아, 됐어요. 아저씨 의뢰는 안 받아요. 주민끼리 돕고 살려 했는데 그럴 마음이 싹 달아나네요. 흥."

치호가 뜬금없이 고객이니 의뢰니 하는 소리에 의문이 들었다.

아니, 그 이전에 이 여자는 도대체 뭐하는 여자인지 궁금했다.

방금도 자신의 공격을 손쉽게 피한 걸로 봐서 실력이 역시 보통은 아닌 것 같았다.

"너 뭐냐니까? 왜 자꾸 대답을 안 해?"

"으… 이 아저씨가 정말. 메이요! 메이! 됐어요? 암튼 딱 봐도 통로 놓친 거 같은데 얼른 직업이나 찾으시죠? 추방되고 싶지 않으면요. 흥."

"메이?"

치호는 붉은 머리 여자의 이름을 듣고 순간 떠오르는 것이 있었다.

어제 쥬드가 신성 어쩌고 하면서 말했던 추종자 메이. 키테그람의 둥지에서 관계를 만들지 못해 아쉽다고 하더니 이 녀석이 추종자 메이라는 것 같았다.

동시에 떠오르는 희망의 빛.

'쥬드가 아쉬워했다면 이 녀석은 최소한 이 필드를 벗어났다는 뜻인데 어쩌면……'

치호는 어쩌면 귀찮으면서 시간도 오래 걸리는 계획을 실행하지 않고도 필드를 떠날 방법을 찾을 수 있을 것 같아 다급히 메이에게 물었다. 일단 확인이 먼저다.

"너 이곳 주민이야?"

"아, 됐어요. 뭐 보기만 하면 때리려고 하는 아저씨하고는 얘기 안 할 거네요."

메이는 잔뜩 화가 났는지 등을 돌려 떠나려고 했다. 치호는 그런 메이를 붙잡고 이야기를 이었다.

"음… 방금 공격한 건 사과하지. 좀 예민해져 있어서."

"지난번 건요? 느닷없이 도끼로 날 죽이려고 한 건 왜 넘어가요?"

"그땐 네가 살기를… 휴. 좋아, 그것도 사과하지."

치호는 구차하게 변명하느니 얼른 사과하고 끝내는 게 좋을 것 같아 얼른 사과했다. 지금 그런 것은 치호에게 중요한 게 아니었으니까.

"음… 좋아요. 이번 한 번만 용서해 줄게요. 뭐 지난번에 아저씨한테 좀 과하게 손쓴 것도 있으니까. 뭐 퉁 치죠. 헤헤."

치호는 뭔가 손해 보는 느낌이 강하게 들었지만 어쩔 수 없다. 지금 정보를 가진 쪽은 메이니까.

"그래… 그건 그렇고 너 이곳 주민이 맞나?"

"네, 맞아요. 발보아 주민이 된지… 보자……. 한 7년? 8년? 그쯤 됐네요."

"그렇군. 그런데 의뢰니 고객이니 하는 소리는 뭐지?"

"아, 그거요? 제 직업이에요. 음… 뭐랄까, 심부름 센터 같은 거랄까요? 고객님들의 어려움을 해결해 주는 게 제 일이죠. 헤헤."

직업의 의미가 다양한 것 같았다. 치호가 지금까지 보아온 주민은 상점 주인이나 식당 주인 같은 이들만 봐왔기 때문에 직업이란 것도 그런 것만을 택해야 하는 줄 알았는데, 그게 아닌 모양이다.

"그런 것도 직업으로 인정되나?"

"그럼요. 어쨌든 테스터들을 도와주는 건 맞으니까요. 테스터들이 퀘스트 해결할 때 필요한 재료나 물품을 조달하는 일도 하니까 도와주는 게 맞죠. 뭐든지 테스터랑 한 발 걸치기만 하면 인정돼요."

"골치 아픈 걸 선택했군."

"뭐, 벌이는 시원치 않지만 주업으로 할 생각은 없으니까요. 저도 이것저것 알아볼 겸, 겸사겸사 하는 거죠."

치호는 대충 이해가 가서 본격적으로 궁금한 걸 물었다.

"좋아. 그럼 단도직입적으로 묻지. 이 필드 벗어날 방법이 있나?"

"에……."

메이가 머뭇거리며 잠시 고민하는 표정을 짓더니 이내 활짝 웃으며 말했다.

"고객님! 정식으로 인사드릴게요. 이 해결사 메이가 고객님이 끙끙 앓고 계시는 문제를 한 방에 해결해 드립니다. 고객님께서 궁금하신 사항에 대한 정보… 의뢰하시겠습니까? 공짜도 안 되고 환불도 안 돼요. 잘 선택하세요. 헤헤."

대뜸 자신을 소개하는 메이의 행동에 치호는 잠시 당황했지만 티내지 않고 다시 물었다.

"의뢰? 좋아. 의뢰든 뭐든 하지. 정보만 정확하다면."

"제가 얼마나 청구할 줄 알고 그렇게 말하시지? 아저씨 부자에요? 그럼 나 5골드! 5골드만 줘요! 네?"

"비싸."

"으… 비싸긴요! 이 정보 하나에 제가 이곳 주민으로 산 지난 세월의 정수가 담긴 거라구요!"

치호가 지난 사냥을 통해 벌어들인 돈이 7골드쯤 되었으니까 사실 5골드쯤은 줘도 상관없었다.

하지만 치호는 그러지 않았다. 이쪽이 너무 다급해 보여도 제대로 된 정보를 얻을 수 없을 것 같아 적당히 흥정을 하기로 했다.

"그 정보가 어떤 건 줄 알고 5골드나 줘? 그거면 매직 등급 장비를 사고도 남는 돈인데."

"그럼… 4골드! 아니 3골드라도… 더 이상은 안 돼요. 저도 요즘 빠듯해서 더는 못 해줘요."

"좋아. 내가 어떻게 하면 되지?"

"뭔가 속은 느낌인데……. 아저씨, 제가 지금 돈만 떨어지지 않았어도 이 가격에 못 얻는 정보란 것만 알아둬요. 아니 저 아니면 돈이 있어도 못 얻는 정보니까 운 좋은 줄이나 알

232 불사의 테스터

아요. 흥. '의뢰 요청 메이'라고 하시면 돼요."

치호는 메이가 시키는 대로 몇 번 하자 인벤토리에서 3골드가 빠져나간 것을 확인했다.

"아니 정보를 받지도 않았는데 왜 돈이 빠져나가?"

"걱정 마세요. 제가 정보를 말해야 제 인벤토리에 돈이 들어오니까. 아무튼 확실히 의뢰받았습니다! 고객님! 환불 요청은 안 돼요."

"잔소리 말고 정보나 말해."

"여기서는 그렇고 밥이나 먹으면서 얘기하죠? 물론 아저씨가 사는 걸로? 헤헤."

"하… 정말."

치호는 메이의 넉살좋은 행동에 약간 불만을 가졌지만 어쩔 수 없었다.

사기를 당하는 게 아닌가 싶어 꺼림칙했지만 별수 없이 메이를 어제의 그 식당으로 데려갔다.

＊　　　　＊　　　　＊

"하암. 어서옵… 응? 자네 어제 그렇게 뛰쳐 나가더니 짐 찾으러 왔나? 짐은 저쪽에 있네."

식당 주인이 이른 아침이라 하품을 하며 나왔지만 치호를 보고 손님이 아니라 짐을 찾으러 온 것 같아 실망한 눈치였다.

"아, 고맙군. 그리고 여기 적당한 요리 좀 가져다 줘."

"안녕하세요? 포트 아저씨? 제가 좋아하는 메뉴 아시죠? 그거로 주세요! 많이요! 많이! 돈은 이 아저씨가 낼 거예요."

메이가 치호의 등 뒤에서 고개를 빼꼼 내밀며 식당 주인에게 아는 척 이야기를 했다.

"응? 메이?"

식당 주인도 메이를 알아보는 눈치였다. 그러고는 치호를 보며 한숨을 내쉬고 말했다.

"어휴. 자네도 통로를 놓친 모양이군. 안타깝긴 하지만 별수 있나. 적응하고 살아가는 수밖에. 너무 힘들어하진 말게. 정 직업 찾기 힘들면 내게 오게. 주방 보조라도 하면 일단 추방은 면하니까."

"내 얼굴에 주민 등록 중이라고 써 있나? 어떻게 알아?"

치호는 메이도 그렇고 식당 주인마저 다 알고 있다는 듯이 말을 건네오자 의아해 물었다.

"그런 건 아니지만 메이랑 같이 오는 걸 보면 뻔하지. 그리고 메이한테 무슨 소릴 들었는지 몰라도 너무 믿지 않는 게 좋아. 발보아에서 메이만 한 허풍서……."

"포트 아저씨! 배고파요! 배고파요! 주방에 안 들어가요? 아이코! 손님이 밥 기다리다 죽겠네."

"하여간 녀석 하고는. 알았다. 조금만 기다려."

메이가 다급한 얼굴로 식당 주인 포트의 말을 끊었다.

메이의 태도에 좀 불안했지만 이미 의뢰도 한 상황에서 별수 없었다.

적당히 자리를 잡고 앉아 음식을 기다리며 대화를 시작했다.

"어서 말해봐. 뭔데 3골드씩이나 받아?"

"하여간 급한 건 여전하시네요. 음… 어디서부터 애길 해드려야 하나? 이 거점 이름이 왜 발보아인 줄 알아요?"

"발보아? 그게 무슨 상관이야."

치호는 딱히 거점 이름에 대해서 생각해 본 적이 없기에 메이의 질문이 낯설었지만 잠자코 이야기를 듣기로 했다.

"상관이 있죠. 아주 많이요. 저도 실은 이 필드를 벗어나는 걸 포기한 건 아니거든요? 처음 여기 갇혔을 땐 정말……. 아무튼 그때부터 쭈욱 필드를 벗어날 방법을 찾았어요. 그러면서 발견한 건데 이 필드를 벗어난 사람이 하나 있더라구요."

"벗어난 사람이 있다고? 어떻게? 그게 누군데?"

치호는 이 필드를 벗어난 사람이 있다는 소릴 듣고 메이에게 질문을 쏟아냈지만 그 사이 음식이 나왔는지 메이는 차려진 음식을 빠른 속도로 비워내며 말을 받았다.

"제가 알아낸 바는요. 처음 이 필드는 이런 거점이 없이 괴물들을 피해 지하 땅굴을 파고 살거나 했던 것 같아요. 그게 발전해서 점점 굴 속에 개미굴처럼 도시를 이루어 산 것 같지만……."

"땅속에 도시?"

"네, 아저씨도 봤잖아요. 그때 그 굴. 그것 외에도 제가 벌판 여기저기 돌아다니면서 직접 그 흔적을 확인한 거니까 이건 확실해요. 제가 괜히 테스터들 의뢰받고 한 게 아니에요. 테스터들의 의뢰 속에 그의 흔적이 흩어져 있어요. 그래서 그 흔적을 모으려면 해결사가 딱이다, 이거예요. 지난번에도 흔적을 찾아갔다가 아저씨를 만난 거구요."

"그건 됐고. 그래서 그게 누구냐니까?"

"아이 참. 발보아요. 발보아! 눈치 없기는. 처음 통로를 개척한 사람이자 이곳 거점을 만든 사람이요. 그게 바로 발보아예요."

치호는 그 소리를 듣고 가만히 생각했다.

발보아.

치호의 기억 속에 거점 외에도 어디선가 본 적 있는 낯익은 이름이었다.

'발보아… 발보아……. 어디서 봤더라? 쥬드, 쥬드의 퀘스트

었어!'

치호가 무슨 생각을 하든 메이는 말을 이어갔다.

"처음에 발보아의 흔적을 발견했을 때 이거다 싶어서 계속 파고 또 팠죠. 그게 제게 남은 유일한 희망이었으니까요. 근데 발보가 통로를 연 방법이… 좀 그래요. 얼마 전에 발견한 건데요. 무슨 괴물이 사람들이 사는 도시를 습격하는 것 같은데……. 아! 아저씨도 그때 그 굴에서 보셨죠? 벽화."

"아, 그래. 봤지. 아주 확실히."

"근데 저 여기서 꽤나 오래 살았는데요. 그런 괴물은 본 적도 비슷한 것도 없어요. 들은 적도 없구요. 아휴, 아무튼 이 필드를 떠나는 방법은 그 괴물을 찾아 죽이면 새로운 통로가 열린다 이거예요. 그러면 이전의 통로와는 다르게 주민도 넘어갈 수 있어요! 틀림없어요. 발보아도 그랬으니까요. 아무튼 정보 확실히 넘겼으니까 환불은 안 돼요! 정보 끝!"

메이는 얼른 말을 마치고 치호의 눈치를 살피며 남은 음식을 입 속으로 꾸역꾸역 넣었다.

평소에 여기까지 이야기하면 대개 사기꾼이니 뭐니 하면서 환불을 요청하는 등의 행동을 보였기에 반사적으로 치호의 눈치를 본 것이다.

가뜩이나 성격 급한 것 같은 치호의 성격으로 보아 테이블이라도 뒤집기 전에 조금이라도 음식을 더 먹을 생각이었다.

"고맙다."

"우웅? 웹?"

입안이 음식물로 가득 찬 메이는 욕이라도 날아올 줄 알았다.

그런데 치호의 예상치 못한 대답에 당황해 제대로 답을 못하고 치호를 응시했다.

그런 치호의 얼굴에는 미소가 피어 있었다. 아주 활짝.

"고맙다고. 정보 확실히 받았다."

"웹?"

메이는 어리둥절한 표정으로 치호를 바라볼 뿐이었다.

"아무튼 나 간다. 포트. 여기 계산해 줘."

"벌써 가나? 직업 못 찾으면 알지? 그리고 돈 아껴서 쓰도록 해. 테스터일 때 생각하고 돈 쓰다가는 얼마 버티지도 못하니까. 주민이 되면 사실 돈 버는 게 여간 어려운 게 아니거든."

"걱정은 고맙지만 직업, 얻지 않아도 될 것 같군."

"응? 그게 무슨……. 자네 추방당한다니까? 여봐!"

치호는 식당 주인 포트의 말이 끝나기도 전에 짐을 챙겨 식당을 나섰다.

'키테그람이다.'

메이의 이야기를 듣고 확신이 생겼다.

그리고 자신이 알고 있던 사실과 배합해 보니 단서가 이어졌다. 직접 통로를 열고 넘어갈 수 있는 방법이.

'발보아에게 죽은 키테그람의 아비, 그리고 미쳐 버린 어미. 벽화의 주인공 발보아는 어디론가 사라진 게 아니라 다음 필드로 통로를 통해 넘어가는 거였어. 그리고 그 통로를 중심으로 거점이 세워진 거고……. 메이가 키테그람을 볼 리가 없겠지. 히든 퀘스트로 겨우 나타난 게 새끼였는데, 하물며 그 어미는.'

하지만 치호는 메이가 보지 못한 걸 땅 굴에서 보고 나왔다. 공간을 찢고 나오려는 키테그람의 어미를.

'굴을 나올 때 진동이 멈췄다면… 틀림없이 키테그람은 풀려났다. 그리고 그걸 메이가 잡아 통로를 열었겠지. 그러니 쥬드가 메이를 알아본 걸 테고.'

치호는 키테그람의 둥지로 발걸음을 옮겼다.

준비는 이미 해두어서 굳이 더 준비할 필요가 없었기에 바로 출발했다.

키테그람의 어미를 잡으러 말이다.

'쥬드. 매번 마주쳤다고? 죽어도 다시 살아와서 널 죽였다고? 그래서 역추적을 해? 웃기고 있네. 다시 찾아오면 그게 몇 번이든 다시 죽이면 그만. 상대보다 더 강해질 생각을 했어야지. 그러니까 넌 내게 매번 죽은 거야. 꼬리 내린 개새끼

한테 내가 질 리가 없거든. 조금만 기다려라. 곧 간다.'

치호는 쥬드를 잠시 생각하며 분노를 가슴 속 깊은 곳에 갈무리했다.

지난번에 본 키테그람의 어미는 어설프게 다른 이에 대한 분노를 품고 싸울 만한 존재가 아니었으니까.

제8장
다시 찾은 둥지

치호는 걸어가면서도 끊임없이 머릿속으로 키테그람의 어미와의 싸움을 생각했다.

정확히는 보지 못했지만 대충 그 크기만 해도 키테그람의 새끼에 비해 배는 더 커보였으니까.

'그때 새끼를 생각해 보면…….'

키테그람 새끼와의 전투를 생각했다. 그때의 전투를 참고 삼아 계속해서 키테그람의 어미와의 전투를 그렸다.

하지만 정보가 부족해 제대로 된 공략법이 떠오르지 않았다.

머릿속이 전투에 관한 생각으로 복잡할 때 멀리서 누군가를 부르는 소리가 들렸다.

"…저씨이!"

멀리서 붉은 머리를 단단히 묶고 달려오는 한 인영.

"아저씨! 무슨 걸음이 그렇게 빨라요. 멀리 간 줄 알았잖아요. 헥헥."

"왜 날 따라다녀."

"헤에……. 이 아저씨가 정말. 소심하게 복수하는 거예요? 그럼 안 따라오게 생겼어요? 제 말 듣고 그렇게 나갔는데?"

"왜?"

"와, 밀당이 장난 아니네요. 뭘 모른 척이에요. 그 정보 받고 저한테 욕을 안 한 사람이 없어요. 사기꾼이다, 허풍선이다 하면서 같은 주민끼리도 그러는데 아저씨는 그러지도 않고 그런 표정으로 급하게 어딜 가는데 그럼 안 따라오고 배겨요?"

그러고 보니 이 녀석도 이곳을 빠져나가기 위해 발버둥치고 있던 녀석이었다.

실제로 그런지는 모르겠지만 추측컨대 키테그람의 어미를 사냥한 녀석이 이 녀석인 것 같으니까.

그런 녀석에게 그러고 나왔으니 따라오는 건 당연했다.

"아, 내가 생각이 짧았어."

"네네, 짧아도 아주 짧으셨죠. 그럼요. 헤헤. 그건 그렇고 아저씨 뭔가 알고 있죠? 말 좀 해줘요. 네?"

치호는 가만히 생각하다가 말없이 손바닥을 내밀었다.

"뭐… 뭐예요? 이 손은?"

"정보료."

"아, 진짜 치사하게 이럴 거예요? 있는 사람이 더한다더니 그 말이 틀린 게 하나 없네요. 으… 정말."

치호는 굳이 돈을 받을 필요는 없지만 지금까지 파악한 메이의 성격으로 보면 말을 해줘도 진짜니 뭐니 하면서 귀찮게 할 거 같아 정보료 이야기를 꺼냈다.

"알았어요! 흥. 그 대신 허튼 수작이면 알죠? 저 의외로 세요?"

"걱정 말고 넘겨."

"간만에 들어온 수입이었는데……."

메이는 툴툴거리면서도 확실히 골드를 넘겼다. 인벤토리에 골드가 들어온 것을 보고 치호는 이야기를 시작했다.

키테그람과 쥬드의 퀘스트, 그리고 땅굴 속에서의 이야기까지.

끝까지 이야기를 듣고 메이는 묘한 표정을 지었다.

"그러니까. 지금 그 괴물, 아니 키테그람을 잡으러 간다는 거죠?"

"그래. 서둘러야 해. 녀석이 어디로 갈지 모르니까."

"그럼 저도 데려가요. 제발요. 방해 안 되게 할게요. 아니 도움될 거예요. 지난번에 저 보셨잖아요. 그때 아저씨 실력이 전부라면… 혼자 잡기 힘들 수 있잖아요. 네?"

치호는 잠시 생각하다가 메이와 함께 가기로 했다.

실력은 이미 검증된 것이나 마찬가지인 데다 키테그람은 원래 메이 것이나 마찬가지였으니 굳이 따로 갈 필요는 없었다.

거기다 따라오지 말라고 해도 숨어서 따라온다면 그게 더 신경 쓰이니까.

"좋아. 대신 방해하면 알지?"

"걱정 마세요, 헤헤. 그런데… 이렇게 갑작스러울 줄은 몰랐네요. 아무튼 그룹 사냥 초대 좀 해주세요."

"초대? 아, 그룹 사냥 초대 메이."

치호가 메이를 그룹사냥에 초대하자 지난번 쥬드에게 받았던 메시지처럼 [치호의 그룹 사냥 요청을 수락하시겠습니까? 수락 시 경험치 및 아이템이 기여도에 따라 분배되고 서로 간의 공격은 금지됩니다. 신중하게 선택하세요.]라는 메시지가 메이의 눈앞에 떠올랐다.

"합류. 아저씨 이름이 치호였네요. 치호, 헤헤. 치호 아저씨."

메이는 메시지에 떠오른 치호의 이름을 보고 연신 이름을 불러보며 실없이 웃었다.

"아무튼 서둘러. 시간이 없어. 녀석이 어디로 갈지 몰라."

"네! 어서 가요."

치호와 메이는 서둘러 키테그람의 둥지를 향해 빠르게 이동했다.

*　　　　*　　　　*

"아… 미쳤다더니 그 말이 그냥 하는 말은 아닌 것 같네요……."

"난리도 아니군. 휴."

치호와 메이는 둥지의 입구에 서 있었다.

둥지의 입구는 반쯤 파괴되어 있어 무너질 듯 위태로워 보였다.

"치호 아저씨, 저기 꼭 들어가야 해요?"

"확인은 해봐야지. 미친 녀석인데 저런 곳에 숨어 있을지 없을지 어떻게 알아."

"하아… 네."

메이는 둥지 안으로 들어가는 것이 내키지 않았지만 어쩔 수 없이 치호를 따랐다.

한참을 안쪽으로 내려갔을 때 메이가 치호에게 물었다.

"치호 아저씨, 그러고 보니 이전에 여기 같이 왔던 분은 어떻게 하고 혼자에요?"

"…죽일 놈 얘기는 꺼내지 마."

"죽일 놈? 그게 무… 아, 네. 미안요. 헤헤."

메이는 적당히 눈치채고 더 이상 묻지 않았다.

뻔히 상황이 그려졌기 때문에 더 이상 말하지 않았다. 그때 메이의 눈에 키테그람의 흔적이 눈에 띄었다.

"치호 아저씨, 이것 좀 봐요."

"손톱자국… 인가?"

둥지의 외벽이 누군가 마구 할퀸 듯한 모양으로 흉악하게 패여 있었다.

'새끼 때는 손톱이 이렇지 않았는데… 제길. 변수가 늘었군.'

치호는 새끼와 전투했을 때를 생각해 보면 고려할 만한 것은 녀석의 이빨과 불덩이 공격, 그리고 녀석의 꼬리 정도였다. 하지만 성체가 되면 또 다른 모양이었다.

'아주 새로운 개체라고 생각하는 게 낫겠어. 어설프게 예측했다가 당할지도……'

치호가 키테그람에 대해서 생각할 때 메이가 말을 이었다.

"키테그람이라는 것 진짜였네요. 반쯤 허풍인 줄 알았는데. 우리… 이길 수 있을까요? 저것만 봐도 무시무시한데…
크기도 엄청 크다면서요."

"그래도 어쩔 수 없지. 여기서 죽을 때까지 살 거야?"

"그건 아니지만 잘못하면 지금 죽게 생겼는데… 음. 좀 더
준비를 해서 오거나 아니면 사람들을 더 데려오는 건 어때
요? 아저씨를 못 믿어서 그러는 건 아니구요. 헤헤, 현실적으
로다가……."

"그러면 너무 늦어. 그때도 키테그람이 이 근처에 있으리란
보장이 없어. 아무튼 둥지 안에는 없군. 제길. 밖으로 나간 모
양인데……. 귀찮게 됐어."

치호는 적당히 둥지를 둘러본 후 다시 나왔다.

지난번에 그렇게 많았던 애벌레 같이 생긴 피켈라니온은
한 마리도 보이지 않았다.

키테그람이 모조리 죽인 것인지 아니면 스스로 도망간 것
인지는 확실치 않지만 지금 둥지는 어둠과 적막만이 감돌 뿐
이었다.

"이제 어쩌죠? 둥지 안에도 키테그람은 없는 것 같고…….
그러지 말고 일단 돌아가서 계획을 짜보죠? 안에 흔적을 보니
까 둘로는 택도 없을 것 같은데. 거기다 치호 아저씨 직업도
얻어야죠. 그러다가 정말 추방돼요."

둥지 밖으로 나온 메이는 안쪽의 흔적을 보고 둘만으로는

사냥이 힘들다고 생각해 천천히 치호를 설득했다.

거기다 둥지 밖 벌판의 바람은 키테그람의 발자국조차 덮어버려 흔적을 찾기도 힘들었다.

'분명 이 근처에 있는 건 확실한데……. 제길, 정말 돌아가야 하나.'

치호는 키테그람이 근처에 있는 것 같은 느낌이 들었지만 사방이 시원하게 트인 황량한 벌판에서 키테그람의 흔적을 찾아 방향을 잡기는 힘들어 보였다.

"후, 어쩔 수 없나. 메이, 돌아가자. 일단 직업부터 얻어야겠어. 제길."

"잘 생각하셨어요. 솔직히 무리죠, 무리. 흔적만 봐도……. 으… 어서 가요."

치호는 아쉬움에 둥지의 입구에 눈을 떼지 못하다가 돌아서려는 찰나 문득 떠오르는 것이 있었다.

"잠깐, 돌아가기 전에 한 가지만 시도해 보자."

"네?"

"인벤토리."

메이가 의아한 듯 치호에게 물었지만 치호는 대답하지 않고 인벤토리에서 무언가 꺼냈다.

"그게 뭐에요? 사체? 그런걸 왜 인벤토리에 넣고 다녀요. 아니 사체를 어떻게 구하셨대? 다 재로 날리지 않나……."

치호가 꺼낸 물건은 키테그람 새끼의 사체였다.

벌판을 방황하며 조금씩 뜯어 먹다가 남은 부분을 모조리 꺼냈다.

그리고 피를 짜내 벌판 여기저기에 뿌리기 시작했다.

'이게 먹혀야 할 텐데.'

치호는 자신의 예상대로 키테그람의 어미가 이 근처에 있다면 새끼의 냄새를 맡고 이곳으로 올 것이라 추측했다.

새끼가 죽어서 미쳐 버릴 정도로 모성애가 강한 녀석이니 이 냄새를 벌써 잊었을 리가 없다.

하지만 얼마간의 시간이 지나도 벌판은 무심한 바람만 휑하게 불 뿐 변화가 없었다.

'근처에 없나……. 그때 도망가지 말고 바로 쳤어야 하는 건데.'

더 이상 시간을 지체하면 정말로 추방이다.

그러면 식량 수급부터 문제가 생기니 일단은 돌아가야 할 것 같았다.

치호가 키테그람의 새끼 사체를 다시 인벤토리에 넣으려고 할 때 아주 멀리서 희미하게 반가운 포효가 들렸다.

키테그람의 포효다. 치호는 얕게 미소를 지은 후 메이에게 말했다.

"메이, 준비해. 온다."

"네? 네. 으… 진짜 나왔네."

메이도 인벤토리에서 자신의 무기를 모조리 꺼내 준비를
하기 시작했다.

또한 치호도 도끼를 비롯해 상점에서 구매한 보조 무기까
지 온몸에 둘렀다.

"후우."

치호가 눈을 감고 차분히 마음을 가라앉혔다.

그와 동시에 저 멀리 지평선에서부터 작은 물체가 그 크기
를 키우며 빠른 속도로 치호 일행에게 접근했다.

크와아악!

다시 한 번 들린 포효. 그 소리는 희미한 소리와 다르게 확
실히 느껴졌다.

포효가 가까워짐과 동시에 치호의 눈앞에 메시지가 떠올
랐다.

*[히든 퀘스트 발동 조건 완료. 잠시 뒤 감춰진 히든 퀘스트가
발동됩니다. 준비하세요.]*

[히든 퀘스트 — 새 시대의 개척자]

— 발동 조건:

1. 통로 사용을 거부한 거점의 주민 혹은 그에 준하는 자.

2. 키테그람 관련 퀘스트 1회 이상 수행자.

3. 전설의 파편을 모으는 자.

— 내용:

기존의 룰을 깨고 자신만의 길을 찾아 과감한 선택을 한 당신! 그 오랜 노력과 포기하지 않는 불굴의 정신에 답하고자 당신에게 새로운 길을 개척할 기회를 드립니다. 잠시 후 도착할 키테그람의 어미를 처치하세요. 성공한다면 믿을 수 없는 보상과 새로운 통로의 주인이 됩니다.

"치호 아저씨! 이상한 게… 히든 퀘스트?"

"침착해. 퀘스트 한두 번 봐? 다를 것 없어. 녀석한테만 집중해."

메이는 이런 히든 퀘스트를 처음 받아서 놀라는 기색이었지만 치호는 일부러 퉁명스럽게 대답했다.

괜히 히든 퀘스트라고 해서 긴장하게 되면 움직임이 둔해져 위험할 것 같아 그것을 염두한 것이다.

그러면서도 치호는 히든 퀘스트의 내용을 차분히 파악했다.

'이 녀석을 잡으면 통로가 열리는 건 확실하군. 그런데… 전설의 파편을 모으는 자? 아… 메이. 데려오길 잘했네.'

치호는 차분히 메시지의 내용을 파악하다가 자신의 행보와는 살짝 빗나가 있는 듯한 부분 때문에 의아한 느낌을 받았는데, 부족한 부분을 메이가 채워준 것 같았다.

그리고 메이의 부족한 부분은 자신이 채워서 히든 퀘스트의 조건을 충족시킨 것이 틀림없다.

'쥬드의 퀘스트가 원래 메이의 것이었나……. 인과율의 파괴자라더니 정말 상황을 더럽게 꼬아놓는군.'

원래대로라면 키테그람의 새끼를 죽인 자신은 그대로 통로를 빠져나가야 했다.

그리고 필드에 남은 메이가 쥬드의 퀘스트를 받아 좀 더 힘을 기르고 키테그람이 안정되면 녀석을 잡아 통로를 개척해 나오는 것이 올바른 방향이었을 것이다.

하지만 쥬드가 사이에 끼어드는 바람에 모든 것이 틀어졌다. 문득 쥬드가 떠올라 이를 갈았지만 지금은 딴 생각을 할 여유가 없었다.

어쨌든 히든 퀘스트는 발동했고 해야 할 일은 정해져 있으니까.

[배틀 필드는 생성되지 않습니다. 키테그람의 어미가 제어를 벗어나 정상인 상태가 아닙니다. 흉포해진 키테그람을 피해 달아나는 것을 권고합니다. 곧 키테그람의 어미가 도착합니다. 준비하세요.]

[10]

[9]

[8]

'키테그람의 새끼는 인간 먹이를 줘서 키우고 어미에게는 대적하지 말라? 지들 멋대로야 정말.'

치호의 생각대로 정말 그러한 의도인지 아니면 제어를 벗어난 키테그람 때문에 나타난 메시지인지 정확하지 않았지만, 떠오르는 메시지가 마음에 들지 않는 건 매한가지였다.

지난번처럼 배틀 필드의 장막을 이용해서 키테그람의 어미를 공략하려 했던 방법을 쓸 수 없게 되어 더 짜증이 났다.

"메이! 내가 선공한 후 시약을 뿌린다. 그 후에 기회를 보다가 녀석의 눈을 노려! 무리하지 말고 타이밍을 재!"

"네! 알았어요! 조심하세요."

[5]

[4]

어느새 키테그람의 어미가 치호의 시야 안으로 들어왔다. 녀석은 예상했던 대로 거대한 몸체를 가지고 있었고 새끼와는 다르게 피부에 비늘이 돋아 있었으며 단단해 보이는 팔에 손톱까지 괴기했다.

거기에 붉게 충혈된 눈은 오로지 치호에게 고정되어 있었다.

크와왁!

키테그람의 어미는 입을 크게 벌려 포효하기 시작했고 동시에 치호는 이를 악물었다.

'카운트 안 끝났잖아! 제길.'

포효와 함께 들어오는 녀석의 숨결 공격. 일전에 봤던 것처럼 진득한 녀석의 타액이 치호를 향해 빠르게 날아왔다.

"투사의 발걸음!"

[투사의 발걸음 숙련도가 1 상승합니다.]

치이익.

치호가 서 있던 자리는 키테그람의 공격에 천천히 녹아 내렸다.

스킬을 이용해 키테그람의 공격을 피해낸 치호는 그대로 키테그람의 발밑까지 쉬지 않고 달렸다.

스킬의 지속 시간을 좀 더 효율적으로 사용하기 위해서는 지체할 시간이 없었다.

끼긱.

치호가 키테그람의 발목을 노리고 도끼를 휘둘렀지만 애꿎은 불똥만 튈 뿐, 생채기 하나 내지 못했다.

단단해 보이는 녀석의 비늘에 공격이 너무 쉽게 막혔지만 치호는 당황하지 않았다.

'예상은 했지만. 역시…….'

"스테이터스 상세 확인!"

〈스테이터스 상세〉

─ 종족(격): 인간(견습 테스터)

─ 이름: 황치호(Lv. 10)

─ 특성: 불사의 괴인[???]

─ 직업: 미정

─ 기본 능력(미지정 포인트 +50)

근력: 10[+39] 〉 49

지구력: 10[+16, +10%] 〉 27

민첩: 10[+48] 〉 58

마력: 10[+15] 〉 25

기량: 10[+161] 〉171

─ 추가 능력: 이동 속도 +12%, 세 번째 충격 시 +100% 대미지, 저항력 +10%

─ 획득 칭호: 카미유 학살자, 고독한 사냥꾼, 종의 수호자

재빨리 뒤로 물러서 스테이터스 창을 열고 고민 없이 미지정 포인트를 모조리 근력에 쏟아부었다.

[미지정 포인트 사용에 신중을 기해주십시오. 정말 미지정 된 50포인트 모두 근력에 투자하시겠습니까?]

"그래. 닥치고 빨리!"

경고 메시지가 떠올랐지만 일단 공격이 박혀야 뭐라도 해볼 수 있었기 때문에 다른 선택의 여지는 없었다.

[근력: 60[+39] 〉 99]

[투사의 발걸음의 효과가 각력 +490% 〉 +990% 로 상향 조정됩니다.]

동시에 찾아오는 격통.

"크악!"

급격한 근력의 변화로 인해 생각지 못한 격통이 찾아왔다.

지금까지 스테이터스 포인트가 상향될 때마다 별다른 고통이나 몸의 큰 변화는 느끼지 못했는데 이번에는 달랐다.

미지정 포인트로 올리는 스테이터스 포인트는 몸에 직접적인 변화를 이끌어내는 듯했다.

치호가 잠시 주춤거리는 사이, 키테그람은 그 틈을 기다리지 않고 꼬리 공격을 감행했다.

꼬리는 녀석의 크기만큼이나 길고 두꺼워서 치호에게 피할 틈조차 내주지 않고 그대로 위에서 아래로 내려찍었고, 동시에 흙먼지가 뿜어져 올라왔다.

"치호 아저씨!"

메이는 치호가 주춤하는 모습에 다급히 치호를 불렀지만 그 목소리는 공허하게 벌판에 퍼져 나갈 뿐이었고, 키테그람 의 꼬리공격이 감행될 때는 더 이상 볼 수 없어 고개를 돌렸 다.

"후우, 아슬아슬했어."

메이가 고개를 돌리고 반쯤 포기했을 때 조금 떨어진 곳에 서 치호의 목소리가 들렸다.

"아… 아저씨?"

"전투 중에 고개 돌릴래? 정신 똑바로 차려. 내가 소리치면 바로 들어와. 투사의 발걸음."

치호는 메이가 대답을 하기도 전에 치호는 다시 스킬을 펼 치며 키테그람에게 달려들었다.

'스킬은 앞으로 5번……. 빠듯한데.'

꼬리 공격을 피할 수 없어 보였지만 공격이 적중되기 직전 상향된 투사의 발걸음을 사용해 꼬리의 반경을 아슬아슬하 게 벗어날 수 있었고, 그 후 피어오른 흙먼지 속에 숨어 이동 해 몸을 겨우 추스를 수 있었다.

메이에게 여유로운 듯 말했지만 실상은 그렇게 여유부릴 만한 상황이 아니었다.

갑작스러운 몸의 변화 때문에 몸의 밸런스가 적응이 잘 되어 있지도 않았고 방금 전 공격의 여파로 인해 속도 울렁거리는 것이 꼬리가 만들어낸 충격파가 몸의 내부를 흔들어놓은 것 같았다.

하지만 근력 상승의 영향인지 힘이 점점 차오르고 어긋났던 몸의 밸런스는 치호의 전투 감각으로 인해 빠르게 안정을 찾았기에 다시금 스킬을 사용해 키테그람에게 쇄도할 수 있었다.

목표는 여전히 키테그람의 발목.

써걱.

빠른 몸놀림으로 발목까지 다가가서 아까 공격했던 부위를 다시 노렸다. 처음과 달리 이번 공격은 호쾌한 소리와 함께 키테그람의 발목을 얕게 갈랐고 피가 치호의 얼굴에 튀었다. 그와 동시에 재빨리 시약을 꺼내 상처에 뿌렸다.

'좋아. 통한다. 이래서 쥬드가 포인트 어쩌고 했군. 해볼 만하겠어.'

공격은 성공했지만 원했던 반응은 나오지 않았다.

몸집이 워낙 커서인지 도끼질 한 번 통했다고 녀석이 소리를 지르며 무릎을 꿇거나 하지 않았다.

그저 공격당한 다리를 들어 올려 그대로 치호를 밟으려 했다.

치호 역시 스킬을 쓰며 그 자리를 벗어났고 보는 사람의 피를 말리는 아슬아슬한 공방전이 둘 사이에 계속되었다.

[투사의 발걸음 숙련도가 1 상승합니다.]
[투사의 발걸음 숙련도가 1 상승합니다.]

한 순간만 삐끗해도 그대로 육포가 되어버릴 극한의 상황에서 스킬을 써서인지 치호가 가진 경험의 발현 때문인지, 무엇 때문인지는 몰라도 확실하진 않지만 스킬의 숙련도가 빠르게 올랐다.

쿠와악!

치호가 집요하게 녀석의 발목만을 노린 채 공격하자 드디어 녀석의 아킬레스건이 끊어지며 키테그람의 어미가 한쪽 무릎을 꿇었다.

"지금!"

녀석이 한쪽 무릎을 꿇음과 동시에 치호는 메이에게 외쳤고, 기회만 노리던 메이는 언제 다가왔는지 치호의 어깨를 밟으며 튀어올라 그대로 키테그람의 무릎에 안착했다.

그러고는 망설이지도 않고 기울어진 녀석의 몸을 이용해 재빠르게 얼굴 방향으로 다시금 뛰어 올랐다.

치호는 아래에서 계속 공격하며 녀석이 메이에게 신경을 쓸 수 없도록 만들었다.

키테그람의 숨결 공격과 더불어 날카로운 손톱이 치호를 찢어발기려 했지만 강화된 스킬을 이용하여 아슬아슬하게 피하면서 데미지를 축적시켰다.

"붕(崩)!"

키에엑!

키테그람의 머리 쪽에서 메이의 스킬 소리가 났고 동시에 녀석은 비명을 질렀다.

메이의 공격이 제대로 들어간 모양이다. 정신이 아찔해질 만큼 큰 소리를 지른 키테그람이지만 치호는 살짝 미소를 띄우며 녀석이 정신이 없는 틈을 타 나머지 한쪽의 발목을 끊어냈다.

"메이! 거의 다 끝났어."

키테그람이 점점 무너지고 있었기에 치호는 승리의 감정이 차올랐다.

조금만 더 하면 녀석을 완전히 쓰러뜨릴 수 있을 것만 같았다.

"꺄악!"

그때 머리 쪽에서 메이의 비명이 치호의 정신을 번쩍 들게 했다.

"메이! 투사의 발걸음!"

치호는 재빨리 스킬을 써서 반쯤 허물어진 녀석의 몸을 타고 올라 메이에게 가려 했지만 눈앞에 공허한 메시지가 떠올랐다.

[마력이 부족해 스킬을 시전할 수 없습니다.]

치호가 키테그람의 발밑에서 고군분투하고 있을 때 이미 마력이 바닥나 있었다.

현재 치호의 총 마력량은 25. 투사의 발걸음을 총 8번 사용할 수 있는 수치지만 아무리 아껴 사용했다 해도 지속되는 전투 때문에 결국 마력이 바닥났다.

치호는 이를 악물었다. 스킬을 쓸 수 없다고 여기서 멍하니 기다릴 수만은 없는 노릇이었다.

메시지를 보자마자 달리기 시작했다. 스킬을 사용하면 빠르게 메이의 곁으로 갈 수 있겠지만 지금은 일 초가 아까운 상황이라 얼른 몸을 움직였다.

'움직이지 좀 마라. 제길'

치호가 키테그람의 몸에 올라서자 녀석이 격하게 몸을 흔들었지만 치호는 균형을 잃지 않고 차근차근 올라갔다.

키테그람의 어깨 부근에 올라섰을 때 얼굴이 보였다.

오른쪽 눈은 터졌는지 피가 섞인 진득한 액체가 흘러내리고 있었고 왼쪽 눈에는 메이의 기형도 한 자루가 눈꺼풀에 꽂혀 있는 걸로 보아 왼쪽 눈 공격은 실패한 것 같았다.

메이는 한 개 남은 기형도를 가지고 녀석의 공격을 간신히 피하고 있었지만 괴물들에게 둘러싸여 그것도 힘들어 보였다.

'피켈라니온?'

키테그람의 어깨에 올라서자 동굴에서 수없이 죽였던 애벌레를 닮은 피켈라니온이 메이를 둘러싸고 있었다.

'대체 어디서⋯⋯. 비늘?'

둥지 안에 피켈라니온이 전부 없어져 키테그람에게 죽었거나 도망갔을 것이라고 생각했지만 오히려 키테그람의 비늘과 비늘 사이에 새로운 둥지를 튼 것 같았다.

'애초에 공생 관계였나……. 역겹군, 제길.'

즉, 피켈라니온은 키테그람의 비늘 사이에 숨어 살면서 키테그람의 충격을 완화해 주는 완충제 역할이나 작은 적들이 몸에 올라타면 대신 잡아 죽이는 역할을 하고 있던 것이다.

그 대가로 피켈라니온은 안정적인 둥지와 먹이를 공급받았을 테고.

상황을 파악한 치호는 메이에게 다가가려 했지만 비늘 사이에서 꾸역꾸역 기어 나오는 피켈라니온은 치호의 움직임을 방해했다.

'스킬만 있었어도 그냥 밟아 죽이는 놈들인데……'

스킬의 부재가 아쉽게 느껴졌지만 불평만 하고 있을 수 없는 일.

차분히 피켈라니온의 숫자를 줄여가면서 메이에게 전진했지만 줄어들지 않는 녀석들 때문에 좀처럼 앞으로 나아갈 수가 없었다.

그나마 늘어난 근력 때문에 돌파하고 있던 것이지, 지난번과 같았다면 치호 역시 피켈라니온에게 둘러싸여 위기를 맞이했을 것이다.

"메이! 조금만 참아. 거의 다 왔다!"

"치호… 아학……."

치호가 메이를 부른 것이 독이 되었는지 잠시 끊어진 메이의 집중력 사이를 비집고 키테그람의 손톱이 메이의 복부를 꿰뚫었다.

"메이!"

치호가 메이를 불렀지만 메이는 자신의 복부를 뚫고 나온 손톱을 멍하니 바라볼 뿐이었다.

"아저씨… 도… 망가……."

메이가 감기는 눈을 힘겹게 뜨며 마지막 힘을 쥐어짜듯 꺼낸 작은 목소리.

그런 메이의 눈빛과 마주친 치호는 기억하기 싫은 아련한 기억이 떠올랐다.

치호가 무슨 반응을 하기도 전에 키테그람은 메이를 꿰뚫은 손을 그대로 들어 올려 허공에 대고 거칠게 털었다.

메이는 그 힘에 저항하지 못하고 붉은 머리칼을 나풀거리며 바닥으로 추락할 수밖에 없었다.

"……."

일련의 상황을 지켜본 치호는 메이를 목놓아 부르지도, 분노에 욕을 입에 담지도 않았다.

그저 차가운 표정으로 말없이 메이가 추락한 곳으로 뛰어내렸다. 하지만 그 동작만큼은 그 어느 때보다 빨랐다.

키테그람을 뒤로 하고 추락한 메이에게 달려갔을 때 키테그람은 다행히 치호를 쫓아오지 않았다.

발목 부상이 심했기 때문이다. 하지만 키테그람의 발목이 회복되는 속도를 보면 그것도 얼마 가지 못할 것 같았다.

"메이……."

추락해 정신을 잃은 메이의 상태를 확인했다.

그녀는 정신을 잃고 복부에 흉물스럽게 구멍이 뚫려 있었지만 아직은 숨이 끊어지지 않은 듯 얕은 숨을 내쉬고 있었다.

치호는 망설이지 않고 인벤토리에서 회복 포션을 꺼내 그녀에게 먹였다. 복부가 빠른 속도로 회복되고, 숨 또한 얕지만 점점 고르게 쉬어지는 걸로 봐서 효과가 있는 것 같았다.

하지만 치호의 차갑게 굳은 표정은 풀어지지 않았다. 방금전 상황은 치호에게 기억하기 싫은 장면을 연상케 했다.

자신에게 치호라는 이름을, 아니 그 의미를 부여해 주고 스스로를 희생시킨 여인.

그때도 그랬다. 그럴 필요 없다고.

그냥 내가 죽으면 될 것을, 다만 자신이 불사인 것을 그녀는 몰랐을 뿐. 하지만 그녀는 망설임 없이 목숨을 내던졌다. 치호가 말릴 새도 없이.

그것이 설령 자신의 하나뿐인 목숨을 버리는 것일 지라도.

치호가 지독하게도 차가운 표정을 풀지 않은 채 메이를 보며 나지막하게 중얼거렸다.

"공격이 성공했으면 그냥 빠졌어야지……. 뭐한다고 거기서 멍청하게 뭉그적거려."

메이를 탓하듯 말했지만 치호는 이미 그 이유를 알고 있다.

공격이 성공한 후 바로 빠졌다면 키테그람의 공격이 모두 자신에게 향했을 것임을.

그리고 피켈라니온의 존재를 모르고 있던 치호에게 하늘에서 떨어지는 무수한 피켈라니온 세례는 피할 수 없는 죽음의 선고라는 것을.

그랬기에 메이는 그 위에서 혼자 피켈라니온을 상대하고 있었다.

"너희들은 왜… 남겨진 사람을 생각해 주지 않지……. 항상……. 목숨도 한 개면서 무섭지도 않아?"

치호는 혼자 조용히 중얼거렸지만 그 목소리에서 느껴지는 분노는 차갑게 타올랐다.

그리고 치호의 발치로 치호를 다시 되살렸던 검은 연기가 소리 없이 희미하게 퍼져나갔다.

"누가 그렇게 해달래? 내가 동정받을 만큼 약해 보였나? 그래서 그런 건가?"

치호는 메이가 과거의 그녀와 겹쳐 보였는지 조용히 물었다. 하지만 대답해 주는 이는 아무도 없었고 발치의 희미한 연기는 점점 그 색을 더해 칠흑처럼 검게 변했다. 그때 저 멀리서 키테그람도 상처를 어느 정도 회복했는지 절룩거리면서 천천히 치호에게 다가오고 있었다.

인벤토리를 열었다. 그리고 키테그람의 흉포를 하나 꺼내 들었다. 엄지손가락만 한 작고 붉은 구슬이 치호의 손바닥 위에 놓여졌다. 동시에 떠오르는 메시지.

〈키테그람의 흉포(1)를 섭취할 수 있습니다. 단 현재 사용자의 심신이 불안정합니다. 사용에 주의가 필요합니다.〉

치호는 떠오르는 메시지를 보고 피식 웃었다.

"너도 내가 그렇게 보여? 하하… 이것 참."

메시지를 보고 피식 웃고는 망설임 없이 작고 붉은 구슬을 그대로 목구멍에 털어 넣었다.

〈키테그람의 흉포를 섭취하셨습니다. 모든 스테이터스가 10분 간 100% 향상됩니다. 하지만 심신이 불안정한 상태입니다. 주의 하세요.〉

― 기본 능력(미지정 포인트 0)

근력: 120[+39] 〉 159

지구력: 20[+16, +10%] 〉 38

민첩: 20[+48] 〉 68

마력: 20[+15] 〉 35

기량: 20[+161] 〉181

점점 차오르는 힘을 느꼈다. 동시에 격통이 밀려왔지만 오 히려 차가운 미소를 지었다.

격통이 심한 만큼 더 큰 힘을 얻을 수 있을 테니까.

"그래, 이 저주받은 힘으로 진짜 불사자의 싸움이 어떤 건 지 보여주지. 킥킥."

치호는 저도 모르게 흉악한 웃음이 흘러나왔다.

키테그람의 흉포 아이템의 효과인지 아니면 메이의 행동 때문에 치호의 잠들어 있던 트라우마가 깨어났는지 정확하게 알 수는 없었지만, 그에 상관없이 그의 웃음에는 광기가 서려 있었다.

그토록 치호가 경계하고 억눌러 왔던 광기가 천천히 고개를 쳐들었다.

크와악!

어느새 코앞까지 다가온 키테그람이 치호를 찢어 죽이려는 듯 그 날카로운 손톱을 치호에게 휘둘렀다.

하지만 치호는 그것을 피할 생각도 않고 그저 키테그람처럼 붉게 충혈된 눈으로 바라보고 있을 뿐이었다.

끼기기긱.

키테그람의 손톱이 치호를 양단하는 궤도를 타고 날카롭게 들어왔지만 치호의 몸에 닿는 순간 녀석의 손톱이 무언가에 막힌 듯 궤도가 슬쩍 비틀려 치호가 양단시키지 못했다.

하지만 손톱에 의한 부상은 피할 수 없었다.

[에틸라반의 우울 — 수호 효과 발동]

[남은 수명의 33년을 차감합니다.]

"이 좋은 걸 왜 안 쓰는 거야?"

치호는 입술을 비틀어 웃으며 재미있다는 듯이 자신의 어깨부터 가슴까지 이어져 내려오는 상처를 보았다.

손톱이 새긴 상처 때문에 갑옷도 일부 파괴되어 있었고 깊은 손톱자국에서 피가 펑펑 뿜어져 올라왔다.

그 순간 치호의 발치에 짙게 깔려 있던 검은 연기는 마치 살아 있는 것처럼 치호의 몸을 타고 올라 순식간에 치호의 상처를 감싸 안으며 상처를 메웠다.

그리고 잠시 후 말끔해진 상처 부위를 힐끗 보고는 의미 없다는 듯이 무심히 스킬을 사용해 재빨리 키테그람에게 쇄도했다.

키테그람의 흉포 아이템을 사용해 늘어난 마력 수치는 치호에게 3번의 스킬을 더 사용할 기회를 주었고 그것을 사용한 것이다.

하지만 치호의 투사의 발걸음은 이미 이전의 투사의 발걸음의 위력이 아니었다.

두 배로 늘어난 근력의 수치는 스킬의 위력을 더욱 배가시켰고 늘어난 마력 수치의 영향으로 지속 시간 또한 배로 늘어났다.

치호의 발밑에서 살아 있는 것처럼 꿀렁거리며 치호를 따라 움직이는 검은 연기의 모습이 기괴해 보였지만 치호는 그런 것에 신경 쓰지 않고 어느새 키테그람의 발밑에 도착해 있었다. 그리고 휘둘러지는 도끼질 한 번.

써걱.
키에엑!

치호의 도끼질에 반쯤 회복되었던 발목이 완전히 절단이 났다. 키테그람의 기동력을 제압한 후 녀석이 고통에 몸부림칠 때 땅을 박차고 튀어 올라 무릎을 위에 안착했다. 그러고는 그대로 무릎을 향해 도끼를 내려찍었다.

관절과 관절 사이의 무릎 부분을 정확히 내려찍는 치호의 공격 앞에 키테그람의 비늘이나 두꺼운 가죽은 그저 장식용에 불과했다.

거기다 순수 스테이터스 포인트가 100을 가볍게 넘는 치호의 근력 포인트는 키테그람의 피부를 마치 두부 썰 듯 아무런 저항감 없이 파고 들게 만들어주기에 충분했다.

키테그람은 연속해서 느껴지는 고통에 정신을 차리지 못하는 것 같았다. 그때 비늘 사이에서, 그리고 어깨 부근에서 피켈라니온이 스멀스멀 기어 나왔다.

끄륵끄륵.

그것을 물끄러미 바라보다가 치호가 중얼거리듯 말했다.

"치호, 치호야……. 어디까지 타락할 셈이냐. 겨우 이딴 것에 쩔쩔매서 나를 깨워? 킥킥. 나야 좋지만……. 조금만 더 인간 놀음하다가는 너… 먹힌다, 킥킥. 아니 그런 것도 재미있으려나?"

치호는 누구에게 하는 이야기인지 혼자 중얼거리다가 몰려오는 피켈라니온을 향해 달려들었다.

한쪽 손은 도끼를 쥐고 다른 한 손으로는 품 안에서 보조 무기로 챙겨온 투척용 단검을 꺼내 들었다.

그러고는 높이 뛰어올라 단검을 뿌렸다. 사방으로 퍼진 단검은 치호가 피켈라니온의 무더기 사이에 비집고 들어갈 작은 공간을 만들었고 치호는 일부러 그곳에 뛰어들어 난전을 유도했다.

순식간에 사방이 피켈라니온으로 둘러싸였지만 전혀 당황하지 않았다.

스스로가 만든 상황이기에 당황할 필요조차 없었다. 그리고 순식간에 달려드는 피켈라니온들.

조여오는 녀석들을 향해 수없이 도끼를 휘둘렀다. 한 번에 두세 마리씩 처리해 나갔지만 수가 너무 많았다.

밀려드는 녀석들의 숫자에 치호의 몸에 자잘한 상처가 점점 늘어갔지만 아랑곳 않고 녀석들을 썰어나가기 시작했다.

콱.

피켈라니온이 치호의 한쪽 팔을 제대로 물고 늘어졌다. 물린 한쪽 팔 때문에 움직임이 둔해지자 치호는 망설임 없이 도끼로 자신의 물린 팔을 끊어냈다.

하지만 끊어진 팔에서 피가 뿜어져 나오기도 전에 검은 연기가 먼저 치솟아 올라 팔을 감싸 잃어버린 팔을 순식간에 재생해 냈다.

"왜 이 힘을 거부하는 거야! 우리도 받아들였으면서! 왜!"

치호는 누군가에게 따지듯 화내며 떨어진 팔을 물고 만족스러운 듯 오독오독 씹어 먹는 피켈라니온의 머리를 밟아 터뜨렸다.

"인정해. 이제는… 투사의 발걸음."

치호는 무언가 더 말을 하려다가 다시금 몰려드는 녀석들을 보고 기다렸다는 듯이 투사의 발걸음을 사용했다.

그리고 시작되는 학살.

검은 연기는 치호의 몸을 감싸기를 쉴 새 없이 반복했고, 피켈라니온도 모였다 퍼졌다를 반복했다.

그 모습은 마치 작은 악귀 한 마리와 배고픈 아귀들이 서로 싸우는 치열한 모습이었다.

악귀와 아귀들의 전장이 되어버린 키테그람의 몸체 또한 무사하지 못했다.

치호가 지나간 자리마다 찍히는 치호의 발자국. 그 발자국 아래로는 피켈라니온의 사체뿐 아니라 키테그람의 비늘까지 박살 나 그 밑으로 피가 흘러나오고 있었다.

키에엑!

키테그람은 치호가 한걸음을 걸을 때마다 느껴지는 고통에 몸부림치다 참지 못하고 숨결 공격을 감행했다.

녀석의 입에서 뿜어져 나온 타액이 치호를 덮치듯 쏟아져 나왔지만 치호는 가볍게 피해냈다.

하지만 움직임이 상대적으로 느린 피켈라니온은 온전히 그 공격을 받아내야 했다.

치이익.

키테그람 스스로는 단단한 비늘 때문에 숨결 공격의 영향
을 받지 않은 것 같았지만 피켈라니온은 그러지 못했다.
그 숨결 공격에 순식간에 녀석들의 몸이 녹아내렸다.

꾸륵꾸륵.

묘한 소리를 내며 녹아내리는 녀석들의 모습을 잠시 바라
보다가 치호는 얼른 키테그람의 어깨 위로 재빨리 올라갔다.
그리고 키테그람의 붉게 충혈된 한쪽 눈을 보며 말했다.
"우리도 슬슬 끝장을 봐야지? 널 위해서 한 번은 남겨놨거
든. 투사의 발걸음!"
치호는 말을 마침과 동시에 스킬을 발동해 순식간에 키테
그람의 눈앞까지 달려갔다.
키테그람은 그 큰 눈을 데룩데룩 돌려가며 치호의 움직임
을 쫓으려 했지만, 자신에 비해 작고 빠른 치호가 눈앞에서
움직이자 도저히 그것을 쫓아갈 수가 없었다.
그리고 다시 치호를 봤을 땐 키테그람의 눈동자 바로 앞.

치호는 망설임 없이 녀석의 하나 남은 눈알을 도끼로 내려 찍었고, 그 반동을 이용해 몸을 눈알 안쪽으로 밀어넣었다.

끼에에에엑!

그 어느 때보다도 큰 비명을 지르는 키테그람. 황급히 거친 손을 이용해 눈 안에 들어간 치호를 꺼내려 했지만 이미 늦었다.

치호는 눈을 파고들어 키테그람의 살을 헤집으며 마구 움직였다.

더군다나 스킬까지 발동된 상태의 치호가 한걸음 내디딜 때마다 키테그람은 그 큰 동체를 마구 흔들며 발광했지만 저항할 도리가 없었다.

쿠웅.

얼마 간의 시간이 지나자 발광하던 키테그람은 결국 그 큰 동체를 바닥에 뉘인 채 긴 혀를 빼물며 침을 질질 흘렸다.

잠시 후 키테그람의 입에서 치호가 진득한 액체에 몸이 절은 상태로 천천히 걸어 나왔다.

키테그람의 숨은 완전히 끊어진 듯 보였다. 치호가 입으로 걸어 나와도 아무런 방해도 없는 모습을 보니 말이다.

"큰 놈들은 오히려 죽이기 편하지. 킥킥."

키테그람의 숨이 끊어지자 치호의 눈앞에 주르륵 떠오르는 메시지가 있었지만 그것을 읽지 않고 키테그람의 비늘에 숨어 있던 피켈라니온이 동시에 기어 나오지 않을까 하고 녀석의 사체를 살폈다.

키테그람의 숨이 끊어지자 비늘 사이에서 끊임없이 나오던 피켈라니온은 더 이상 기어 나오지 않고 오히려 비늘 사이를 비집고 다시 들어갔다.

죽은 키테그람의 살을 파먹으려는 것 같았다. 작은 치호보다 큰 먹이가 있는데 굳이 힘 뺄 필요가 없을 테니까.

"아주 재밌는 곳이야. 그렇지? 킥킥."

치호는 그런 피켈라니온의 행태를 보다가 눈앞에 다시금 떠오르는 메시지를 보았다.

〈키테그람의 흉포의 지속 시간이 끝나 갑니다. 사용자는 몸의 변화에 대비하세요.〉

[10]

[9]

"벌써 끝났나? 아니지. 아니야. 아이템을 하나 더 먹으면 어떻게 되는 거지? 벌써 들어가긴 아쉽지. 킥킥. 인벤토리."

치호는 재빨리 키테그람의 흉포를 꺼냈다. 그리고 그것을 복용하려는 순간 언제 깨어났는지 멍하니 자신을 바라보고 있는 메이와 눈이 마주쳤다.

"…쳇. 기분 잡쳤군."

[5]

[4]

치호는 복용하려던 키테그람의 흉포를 다시 인벤토리 안에 집어넣고 나지막하게 중얼거렸다.

"정신 똑바로 차리는 게 좋을 거다. 옛날로 돌아가고 싶지 않으면 말이야. 나야 가끔 이렇게 싸움만 할 수 있어도 좋지만 그렇지 않은 놈들도 있으니까. 킥킥."

이상한 소리를 중얼거리며 혼자 킥킥 웃어대는 것이 키테그람의 흉포의 효과가 절정을 달하는 것 같았다.

[1]

[0]

〈키테그람의 흉포 효과가 사라집니다.〉

"커헉."

짧은 메시지와 함께 치호는 지독한 탈력감을 느꼈다. 충혈된 치호의 눈은 점점 제 색을 찾아갔지만 강제로 신체 능력을 끌어올려서인지 그에 대한 반동으로 극심한 격통이 찾아왔다.

키테그람의 흉포를 섭취했을 때 치호의 발밑을 감싸던 검은 연기는 언제 그랬냐는 듯 그 흔적을 찾을 수 없었다. 치호는 극심한 고통에 점점 몸이 허물어지기 시작했다.

"치호 아저씨!"

무릎을 꿇고 고통에 몸부림치는 치호의 귓가에 마지막으로 들리는 메이의 목소리를 끝으로 치호는 정신을 놓고 말았다.

*   *   *

"음……"

치호가 나지막하게 신음을 내며 천천히 눈을 떴을 때 검은 밤하늘이 보였다.

천천히 일어나 주위를 둘러봤을 때 모닥불만이 탁탁 소리
를 내며 조용히 타오르고 있었다.

"…떠났나."

치호는 나지막하게 중얼거렸다. 주위에 아무도 없는 걸 보
면 메이는 먼저 떠난 것 같았다.

"하긴 그런 모습을 봤으니……."

씁쓸하게 중얼거리며 손가락과 발가락 끝을 툭툭 움직여
보기도 하고 제자리에서 훌쩍 뛰어보기도 하면서 몸을 점검
했다.

키테그람의 흉포 아이템의 반동이 생각보다 너무 심했고
스테이터스의 수치 또한 오르락내리락하는 변화가 극심했기
때문에 현재 수준을 가늠하고 가다듬어야 할 필요가 있었다.

'다 잊은 줄 알았는데……. 그런 것 때문에 정신을 놓다니.
제길.'

낮의 전투를 다시금 되새기며 스스로를 질책했다. 하지만
치호로서도 어쩔 수 없는 일이었다.

지난 수백 년간은 이런 식으로 살과 살이 부딪치는 전투를
겪지 않고 가능하면 평정심을 유지한 채 살았지만 이곳은 평
정심을 유지하기가 힘든 환경이었다.

어쩌면 이런 상황은 언젠가 한 번 겪어야 하는 성장통 같
은 것일지도 몰랐다.

다만 키테그람의 흉포가 그 시기를 앞당겼을 뿐이었다. 그 럼에도 불구하고 치호의 감정은 불쾌하기 짝이 없었다.

'이런 식이면 곤란한데⋯⋯.'

치호는 전투 중에 했던 말들을 떠올렸다. 그 말들이 그냥 헛소리만은 아니었으니까.

부스럭.

정신을 가다듬고 있을 때 약간의 기척이 느껴졌다. 치호는 재빨리 도끼에 손을 올리며 그곳을 주시하자 의외의 인물이 다가왔다.

"치호 아저씨! 정신이 든 거예요? 벌써 그렇게 움직여도 돼 요?"

메이는 평소와 다름없는 모습으로 치호에게 다가왔다. 주 변 정찰이라도 하고 왔는지 한 손에는 횃불이 들려 있었다. 이런 메이의 행동에 치호는 약간 당혹스러워 물었다.

"떠난 게 아니야?"

"제가요? 왜요?"

"⋯⋯."

메이가 퉁명스럽게 왜냐고 묻자 딱히 할 말이 없었다. 다만 치호는 지금까지의 경험 상 그렇게 미친 듯이 싸우고 나면 주변에 있던 사람들은 모두 치호를 떠나 도망가거나 혹은 두려움에 떨며 숭배했다.

인간 같지 않은 힘으로 적들을 격살해 나가는 그 모습은 일반 사람들이 봤을 때 악마, 그 이상도 이하도 아니었으니까.

그랬기 때문에 메이도 그럴 것이라 지레짐작했으나 이전과 전혀 다름없는 태도는 오히려 치호를 당혹스럽게 했다.

"무슨 뜬금없는 소리를 그렇게 진지한 표정으로 하신대? 아직 아파요? 머리를 다쳤나……."

반대로 치호에게 장난을 섞어가며 자신을 걱정해 주는 메이의 행동을 보고 어떻게 말해야 할지 잘 떠오르지 않아 망설일 때 메이가 따지듯 물었다.

"그건 그렇고, 치호 아저씨! 그런 스킬이 있었으면 처음부터 팍팍 써야지, 처음엔 왜 그런 거예요?"

"스킬?"

"그 검은 구름 같은 거요. 아무튼 스킬도 엄청 좋은 것 같은데. 음… 초 재생? 뭐 그런 거예요? 그런 게 있으면 처음부터 팍팍 써서 밀어 붙였어야죠."

뭔가 치호에 대해서 잘못 생각하고 있는 것 같지만 굳이 정정해 주지 않았다. 치호는 메이의 물음에 잠시 망설이다가 힘겹게 대답했다.

"인간 같지 않잖아……."

"네? 뭐라구요?"

그동안 치호가 삶을 살면서 그 힘을 거부한 수많은 이유 중 하나. 인간 같지 않음이다.

그 힘을 사용하면 사용할수록 스스로가 인간과 동떨어진 존재라는 것을 인정해야 했기에 그러고 싶지 않았다.

그것을 인정하는 순간 밀려드는 고독감을 감당할 수 없었다.

그렇지 않아도 시간에 흐름에 하나둘 주변인들을 떠나보낼 때마다 느껴지는 감정을 감당하기도 힘든데 힘을 사용함으로써 지구상에서 유일한 존재라고 스스로 인식하면 몰려드는 그 고독감을 참을 수 없었다.

오로지 혼자 그 고독감을 곱씹으며 긴 세월을 버틸 자신이 없었다.

그랬기에 치호는 철저하게 그 힘을 인정하지 않았다. 치호는 인간답게 살고 싶었고 인간처럼 죽고 싶었으니까.

다른 이유도 있지만 그러한 이유를 구구절절 설명할 것도 아니라 적당히 생각을 정리하고 메이에게 말했다.

"인간 같지가 않잖아. 그렇게 싸우는 게 인간처럼 보여?"

"푸풋."

치호는 진지하게 말을 하려고 했으나 메이는 저도 모르게 터져 나오는 웃음을 참지 못했다.

"까하하. 치호 아저씨. 생각보다 감성이 풍부하시네요. 아… 간만에 웃겼어요. 정말."

진지하게 말했는데 예상과는 다른 메이의 엉뚱한 반응에 치호는 어떻게 대해야 할지 떠오르지 않아 멀뚱히 메이를 바라봤다.

"치호 아저씨 눈에는 그럼 저도 인간처럼 안 보이겠네요?"

"무슨 소리야? 네가 왜?"

"왜긴요. 저도 이상한 스킬이나 펑펑 써대면서 괴물들을 상대하는 건 똑같은데 아저씨 말대로라면 저도 인간이 아니잖아요."

"그건 경우가 다르지. 나는……."

치호는 자신이 가진 것은 스킬 따위의 힘이 아니라 죽을 수 없는 것이라고, 저주받은 것이라고 말하고 싶었지만 말이 목에 걸려 나오지 않았다.

"치호 아저씨. 아저씨가 여기서 얼마나 생활했는지 모르지만 그런 생각을 가지고 지내기엔 여긴 너무 이상한 곳이에요. 상상을 초월하는 것들이 차고 넘치잖아요. 아저씨만 딱히 특별한 것도 아니구요. 그러니까 얼른 정신 차리세요!"

"…하하, 그것도 그런가……. 그래. 네 말이 맞다."

치호는 메이의 말을 듣고 있자니 머리가 갑자기 맑아 오는 것 같았다.

자신만 특별한 것이 아니다. 이 말이 치호의 가슴에 날아와 박혔다.

이곳은 모두가 특별한 곳이다. 치호 스스로 고독할 필요가 없는 장소였다.

그 순간 치호의 가슴 한구석에 묵직하게 쌓여있는 무엇인가가 조금 가벼워지는 느낌이 들었다.

"그러니까! 다음에는 꽉꽉 힘을 쓰세요! 알았죠? 최선을 다해도 여긴 위험한 곳이니까."

"그래, 알았다."

치호는 메이의 말에 쓰게 웃으며 대답했다. 하지만 지금 느끼는 감정은 생소했다.

아니, 지난 세월 동안 이런 감정이 들었던 적이 있던가 싶었다.

자신은 특별하지 않다는 그 한 마디가 치호 내면에 갇힌 세계의 빗장을 조금 풀어낸 듯한 느낌이 들었다.

"그건 그렇고 보상 확인해 보세요. 우리가 새로운 통로를 개척할 수 있대요! 어서요!"

치호는 메이의 성화에 못이겨 얼른 보상을 확인했다.

[투사의 발걸음 숙련도가 1 상승합니다.]

[투사의 발걸음 숙련도가 1 상승합니다.]
[투사의 발걸음 숙련도가 1 상승합니다.]

[히든 퀘스트 — 새 시대의 개척자 — 완료]

— 견습 테스터의 신분으로 정신이 온전하지 못한 키테그람의 어미를 처치하는 믿을 수 없는 업적을 달성하였습니다. 그 놀라운 업적에 합당한 보상을 드리는 것은 물론 새로운 통로를 개척할 자격을 드립니다. 당신이 원하는 곳에서 동료와 함께 '통로 개방'이라고 외치면 통로가 즉시 개방됩니다.

— 기여도: 황치호 78%, 메이 22%

⟨퀘스트 보상 — 전설 등급 장비⟩
⟨전설 등급 장비를 획득하였습니다.⟩
⟨기여도 [S] — 칭호 획득⟩
⟨'종의 말살자' 칭호를 획득하였습니다.⟩
⟨기존의 칭호 '종의 수호자'와 상충되어 칭호를 병합, 변경된 칭호를 부여합니다.⟩
⟨병합된 칭호 '종의 운명 결정자'를 획득하였습니다.⟩
⟨미지정 포인트 +5 획득하였습니다.⟩

〈무시할 수 없는 경험치를 획득하였습니다. 스킬과 칭호로 대체합니다.〉

〈히든 스킬을 얻으셨습니다.〉

〈'자이언트 킬링' 칭호를 획득하였습니다.〉

〈36골드 86실버 12브론 획득하였습니다.〉

〈필드의 정수(1)을 획득하였습니다.〉

『불사의 테스터』 2권에 계속…

초대형 24시 만화방

신간 100%, 샤워실, 흡연실, 수면실(침대석), 커플석, 세탁기 완비

■ 시흥 정왕25시점 ■

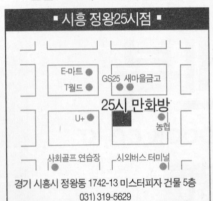

경기 시흥시 정왕동 1742-13 미스터피자 건물 5층
031) 319-5629

■ 강북 노원역점 ■

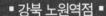
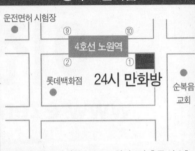

서울 노원구 상계동 340-6 노원역 1번 출구 앞 3층
02) 951-8324 (화용빌딩 3층)

■ 일산 정발산역점 ■

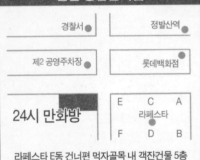

라페스타 E동 건너편 먹자골목 내 객잔건물 5층
031) 914-1957

■ 일산 화정역점 ■

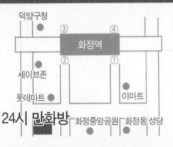

경기도 고양시 덕양구 화정동 984번지 서일빌딩 7층
031) 979-4874 (서일사우나 건물 7층)

■ 부천 역곡역점 ■

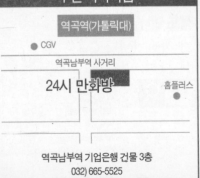

역곡남부역 기업은행 건물 3층
032) 665-5525

■ 부평역점 ■

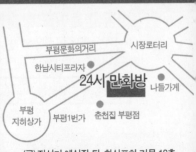

(구) 진선미 예식장 뒤 한신포차 건물 10층
032) 522-2871

이모탈 퓨전 판타지 소설
FUSION FANTASTIC STORY

용병들의 대지
Road of Mercenaries

이 세계엔 3개의 성역이 존재한다.
기사들의 성역, 에퀘스.
마법사들의 성역, 바벨의 탑.
그리고… 그들의 끊임없는 견제 속에 탄생하지 못한

『용병들의 대지』

전쟁터의 가장 밑을 뒹굴던 하급 용병 아론은
이차원의 자신을 살해하고 최강을 노릴 힘을 가지게 된다.

그의 앞으로 찾아온 새로운 인생!
아론은 전설로만 전해지던
용병들의 대지를 실현시킬 수 있을 것인가!

Book Publishing CHUNGEORAM

유행이 아닌 자유추구
WWW.chungeoram.com

미러클 테이머

인기영 장편소설
FUSION FANTASTIC STORY

MIRACLE TAMER

이계로 떨어져 최강, 최고의 테이머가 되었다.
그러나… 남은 것은 지독한 배신뿐.

배신의 끝에서 루아진은 고향 지구로 되돌아오게 되는데……
몬스터가 출몰하기 시작한 지구!
그리고 몬스터를 길들일 수 있는 테이머 루아진!
그 둘의 조합은……?

『미러클 테이머』

바야흐로 시작되는
테이머 루아진과 몬스터들의 알콩달콩한
대파괴의 서사시!!

Book Publishing CHUNGEORAM

유행이 아닌 자유추구 -
WWW.chungeoram.com

이계진입 리로디드

임경배 퓨전 판타지 소설

FUSION FANTASTIC STORY

Book Publishing CHUNGEORAM

유행이 아닌 자유추구 -
WWW. chungeoram.com

현윤 장편소설
FUSION FANTASTIC STORY

현대무림 지존

무참히 살해당한 부모님의 복수를 위해
모든 걸 걸었다!

『현대 무림 지존』

"너희들의 머리 위에 서 있는 건 나다."

잔혹한 진실을 딛고 진정한 무인으로 거듭나는
태하의 행보를 주목하라!

Book Publishing CHUNGEORAM

유행이 아닌 자유추구 -
WWW.chungeoram.com

FUSION FANTASTIC STORY

자미소 장편소설

GRAND SLAM

그랜드슬램

2016년의 대미를 장식할 최고의 스포츠 소설!!

Career record : 984W 26L
Career titles : 95
Highest ranking : No.1(387weeks)
Grand Slam Singles results : 23W
Paralympic medal record : Singles Gold(2012, 2016)

**약 십 년여를 세계 최고로 군림한 천재 테니스 선수.
경기 내내 그의 몸을 지탱하고 있는 것은…… 휠체어였다.**

『그랜드슬램』

휠체어 테니스계의 신, 이영석(32).
그는 정상의 자리에서도 끝없는 갈망에 사로잡혀 있었다.

"걷고 싶다, 뛰고 싶다. …날고 싶다!!"

**뛸 수 없던 천재 테니스 선수
그에게, 날개가 달렸다!!!**

Book Publishing CHUNGEORAM

유행이 아닌 자유추구 -
WWW. chungeoram.com

GAME BALL

BORN ON DATE

게임볼 설경구 장편소설
FUSION FANTASTIC STORY

무명의 야구인이었던 남자,
우진이 펼치는 야구 감독으로서의 화려한 일대기!

『게임볼』

"이 멤버로 우승을 시키라고?"

가상 야구 게임,
게임볼을 통해 인생 역전을 꿈꾸는

한 남자의 뜨거운 행보에 주목하라!

Book Publishing CHUNGEORAM

유행이 아닌 자유추구 -
WWW.chungeoram.com

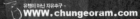

FUSION FANTASTIC STORY

서산화 장편소설

Miracle Direction

기적의 연출

천재 영화감독, 스크린 속 세상을 창조하다!

『기적의 연출』

대문호 신명일과 미모로 손꼽히던 여배우 김희수의 아들 신지호.

일가족은 불운한 사고로 인해 크나큰 비극을 겪는다.

이 사고로 섬광 기억(Flashbulb memory)이라는 능력을 얻게 된 그 순간!

그의 모든 게 달라졌다.

"배우의 혼을 이끌어내고, 관중의 영혼을 붙잡아야 합니다.

그게 제 목표입니다."

완전한 감독을 꿈꾸는 신지호,
이제 그의 영화가, 세상을 홀린다!

PROD.
SCENE

Book Publishing CHUNGEORAM